頼爾
Raiji
イラスト：三月リヒト
私の婚約者様の毒舌が過ぎる
※ただし、私以外に!

婚約者同士のスキンシップ……
固まっている私を見てアシュフォード様は
柔らかく微笑むと、そっと近づいてきました。
アシュフォード様の青い目が今まで
見たことがないくらい近くなります、
いえ、目以外もです。
整いすぎた綺麗な顔ももちろん
近づいてくるのですが。
束ねられているはずの銀色の髪は
いつの間にかほどいてあり、
視界を覆うように
私の顔の横に垂れました。

「綺麗……」
思わず漏れた私の呟きに
アシュフォード様は
くっと声を立てて笑います。
ぼんやりその笑みを見ていると
唇に柔らかいものが触れました。

「ちょっと！
そこはさっき教えたじゃない！
なんで間違えるの！」

「すみませ～ん」
「ねぇ、なんで鞭持ってるのに机を蹴るのかしら」
「足が出ちゃうタイプなんでしょうねぇ」
超ドSな家庭教師様

怪しい酒場でポーカー対決
「おかしいだろ！ なんで毎回そんなに引きが強いんだよ！ イカサマか？」
「簡単だ。カードの順を全て覚えているからな」
「何なのそれ！ チート!?」

# 私の婚約者様の毒舌が過ぎる

## ※ただし、私以外に!

頼爾 Raiji　イラスト:三月リヒト

# Contents

## 目次

# 第一章 ✿ 私の婚約者様が甘すぎる

「近寄るな、香水臭い」
「せめて人間の言葉を理解できるようになってから口を開いたらどうだ？」
「はあ？　クッキーを焼いてきた？　私に毒でも盛るつもりか？」

そこらの虫を見る方がまだ優しいんじゃないかと思うような冷ややかな視線と、今日もキレッキレの毒舌。

毎日よくこんなに毒のある言葉が出てくるものだと感心してしまいます。

しかし、発言者の顔面偏差値が高いと毒舌も崇高なものに聞こえてくるのは気のせいでしょうか？

あ、ご心配なく。大丈夫です。私に向けられた毒舌ではありません。

冒頭のセリフを口から紡いでいるのは、切れ者と名高い現宰相《さいしょう》様の嫡男、アシュフォード様。

宰相様の教育の賜物《たまもの》なのか、ご本人の努力の賜物なのか、アシュフォード様も大変優秀な方です。

整いすぎて普段でも冷たく見えるお顔は、口を開くとさらに冷たくなります。

その澄んだ青い瞳が細められると、首筋に氷の刃《やいば》でも突き付けられているような気分になります。

女性でも羨むほど透き通るような白い肌。銀色に光る長めの髪はいつも一括《ひとくく》りにされて片方の肩に流されています。

うーん、アシュフォード様の美しさを形容するには私の語彙力をかき集めても厳しいようです。アシュフォード様を見た女性が十人いたとしたら十人全員が見惚れるほどと言えばいいのでしょうか？　人の集まる場所に行くとそんな感じです。

「酷《ひど》い！　私はアシュフォード様ともお話ししたいだけなのに！」

目の前のご令嬢は、毒舌を吐かれながら勇敢にもアシュフォード様にくってかかります。いえ……勇敢と無謀は紙一重ですね。

「勝手に名前を呼ぶな、腐る」

え、腐るんですか……なんて思っても私も令嬢の端くれですから。はしたないツッコミは入れません。

でもちょっと笑ってしまいそうになりましたので、しれっと退場しようと横に足を伸ばしました。

そうそう。この方は、第一王子殿下が気に入っていつも一緒にいるというご令嬢ですね。今は殿下はいらっしゃらずお一人ですが……。ちなみに殿下以外の男子生徒にも粉をかけているご令嬢なんです。要注意人物ですよ。男子生徒にしか寄っていかないので、女子生徒に今のところ直接の被害はありません。いじめられた等の主張も今のところ聞こえません。

お、それにしても今日はギャラリーが多いですね。

まあ人通りの多い学園の中庭での騒動ですから仕方がないでしょう。

そんなことを考えていると、腰をぐいっと強く引かれました。

あらら。残念ですが、逃亡には失敗したようです。

「ブロンシェ、どこに行くんだ？　私とこれから図書室に行くのだろう？」

先ほどの凍てつくような視線は欠片《かけら》もなく、私を見つめるアシュフォード様の目は……うーん……どう見ても甘いです。氷が水になりそうなほどの熱さをはらんでいます。

「自習の席取りに行こうかと思いまして……」

「席がなければ私の膝に座ればいい」

「それでは勉強できませんから」

「ではうちの屋敷で勉強しよう。明日は学園も休みだ。泊まっていくといい」

「そういうわけには……」

密着してくるアシュフォード様の体を押し返しながら、ギャラリーのみなさんの雰囲気が段々と生ぬるくなっていくのを肌で感じます。

そう、この毒舌男、いえアシュフォード様は私の婚約者なのです。

この学園の七不思議に数えられるほど、不思議なことですね。

だって私は平々凡々な伯爵令嬢ですのに。

「カミラ、どうした？」

「あ！　エドワード！」

私を抱き寄せてぐいぐいと密着してくるアシュフォード様から距離を取ろうとしてわちゃわちゃしていると、新たな人物が登場しました。

「アシュフォード様が酷いの！」

ああ、そういえばこの方はカミラというお名前でしたね。アシュフォード様にいじめられたと言われたら……信憑性《しんぴょうせい》ありますね……。

「どういうことだ、アシュフォード」

アシュフォード様を訝《いぶか》しげに見遣《みや》るのはエドワード殿下。最近、婚約者ではなくカミラさんという男爵令嬢を侍《はべ》らせていることで有名なこの国の第一王子です。

第一王子といってもまだ王太子ではありません。ここ重要ですね。テストには出ま……せん。

「そちらが私と婚約者の時間を邪魔してきましたので」

アシュフォード様は冷たい声で答えながらさらに私を抱き寄せます。これって婚約者でも不適切な距離では？　密着しすぎでは？

現実逃避気味にギャラリーに視線を向けると、あら……婚約者のいる方はいつもより皆さま、お互いの距離が近いようです。

カミラさんもエドワード殿下の腕にすがりついて何か喚《わめ》いていらっしゃいます。高い声なので耳がキンキンして聞き取れませんが、十中八九、アシュフォード様の悪口でしょう。アシュフォード様は平気そうですが、周囲へのダメージがすごいです。

「アシュフォード、お前は授業以外のほとんどの時間をそこの婚約者と一緒にいるんだから少しくらいいいだろう？」

うーん、これは事実です。いえ、それより、そこの婚約者呼ばわりはやめていただけません？

「私は彼女以外に興味はないので。殿下と違って」

おおぅ、アシュフォード様。殿下が婚約者をないがしろにしていることを皮肉っていらっしゃいますね。みなさんが思っていても言わないことをアシュフォード様がハッキリと口にしました。い、嫌味。愛人がいるのが普通、までいかなくても黙認される貴族社会で一対一の愛は珍しいですからね。

ギャラリーの中には音を立てないように小さく拍手をしている令息方もいらっしゃいます。彼らは将来有望かもしれません。

「ところで殿下、財務大臣から書類を預かっています。不備があったと」

アシュフォード様は冷たい声のまま胸元のポケットから数枚の書類を取り出しました。

学園に通いながらお父様である宰相様の補佐をしていらっしゃるんですよね。

アシュフォード様の書類を持つ長い指をぼんやりと見ていると、額《ひたい》に温かいものが降ってきました。

　ギャラリーからキャーという黄色い悲鳴が聞こえます。どうやら……アシュフォード様が私の額にキスを落としたようです。なんだか最近スキンシップが激しくなってきているのですが、お父様に報告した方がいいでしょうか？　でも、お父様って簡単にアシュフォード様に言いくるめられちゃうからダメですかね……。お母様はニヤニヤ笑っているだけですし。

「婚約者費用を使用する申請書ですね。陛下の誕生パーティーの際のドレスについてですが」

　そんなことを考えている私から少し離れて、アシュフォード様は殿下の顔の前に書類を突き付けます。

「あぁ。何か抜けがあったのか？」

「いえ、財務大臣も不思議がっていましたが、エレーナ嬢はいつからこんなにお痩せに？」

「どういうことだ？」

「いえいえ、エレーナ嬢が着るドレスでしたらこんなにサイズが小さいわけはないのです。おもに上半身が。ですからいつからこんなにお痩せになられたのかと」

　アシュフォード様は書類をぴらぴらと振ります。

　私は思わず、カミラさんの胸元に視線をやってしまいました。確かに……殿下の幼い頃からの婚約者であるエレーナ様は大変羨ましい胸をお持ちです。カミラさんはそれに比べると慎ましやかという感じですね。さすがに私もエレーナ様ほどないので人のことは言えません。

「あの書類、スリーサイズが書いてあるぞ……」

「婚約者費用の申請ってそんなことまで書くの!?」

ギャラリーの中から視力が特に良い方が声を上げ、令嬢たちの悲鳴が続きます。

何名かは後ろを振り返っています。あら、エレーナ様がギャラリーの後方にいらっしゃいました。いつの間に。

しかし、エレーナ様の友人たちが不《ぶ》躾《しつけ》な視線からエレーナ様をがっちりガードしています。正確に言うと、派閥のご令嬢たちです。

「拝見したところ、これはどうやらエレーナ嬢のために仕立てるドレスではないようですね。それかデザイナーが視力か頭が悪く、サイズを派手に間違えておられるのでしょう、殿下。これが不備です。サイズ間違いなら無駄なお金を支払うことになりますし、万が一、婚約者以外の方にドレスを仕立てるようなことがありましたら婚約者費用ではなく、殿下の個人資産からの支払いになります。婚約者費用を使用すると横領になりますので」

アシュフォード様は何も答えない殿下の手を取って無理矢理、書類を握らせました。

「きっとデザイナーが間違えたのでしょう。おや、しかし……サインしてあるのは有名なデザイナーのお名前でしたね。予約が数か月待ちなほど人気の。それでしたらデザイナーが間違えた線は薄いでしょう」

カミラさんには毒舌でしたが、殿下にはねちねちと嫌味攻撃をするようです。

「ねぇ、数か月待ちのデザイナーっていったら……」

「私も相当前から頼んでいましたけど……なんだか急な依頼が入ったから間に合わないと言われましたわ」

「私もですわ」

　周りの令嬢たちがひそひそと会話を始めます。

　どうやら殿下は人気デザイナーにドレスの依頼をねじ込んだ疑いが出てきましたね。

「エドワード、私にドレスをプレゼントしてくれるって言ったわよね。それはエレーナ様のなの？」

　静かになったと思っていたカミラ嬢が場の空気を読まず、甘えた声を出します。

「カミラ、少し静かにしてくれ。アシュフォードと話がある」

「でも、ミリアンっていうデザイナーに採寸してもらったのは私なのに。もしかしてエレーナ様もミリアンのドレスを着るの？　私のためだけって言ったのに」

「カミラ、後で話をしよう」

　ミリアンさんというのは、いま王都で人気急上昇中のデザイナーです。

　今からドレスを頼んでも半年待ちだと聞きます。そのような方を呼び捨てするのはよろしくないと思いますよ。

　カミラさんの空気を読まない発言によりギャラリーのみなさんの雰囲気が冷たくなってきました。特にご令嬢たちの目つきが怖いです。ドレスと食べ物と産後の恨みは怖いのです。これ、お母様の受け売りですよ。

「そうだ。殿下。忘れないうちにこちらもお渡ししておきます」

　カミラさんを必死で黙らせようとしている殿下に対して、アシュフォード様はさらに何かを突き付けます。今度は書類ではなく封筒です。手紙でしょうか。

「……まだ何かあるのか？」

エドワード殿下は顔を歪《ゆが》めながら封筒をまるで汚いものでも触るように受け取ります。

「内容からしてお一人の時に読まれた方がよろしいかと」

「お前は中身を知っているのか」

殿下はさらに苦虫を噛《か》み潰したような表情で、アシュフォード様の言葉を聞かず封を切りました。

殿下は気づいていませんが、アシュフォード様の口角が少し上がっています。

殿下は手紙を読むとこれまでの表情を打ち消し、喚くカミラさんを連れて足早にどこかへ行ってしまわれました。

ギャラリーの皆さまもしばらく封筒の中身についてヒソヒソ話をしていましたが、エレーナ様がご友人たちと共に踵《きびす》を返したのを皮切りに段々と人が減っていきました。

親しい者しか分からないと思いますが、エレーナ様の足取りがいつもより軽いです。もちろん、令嬢としてスキップするなんてことはありませんが、あれは心の中では盛大にスキップしていらっしゃるはずです。

「人ならざる者のためにすっかり時間をくってしまった。あれは常識と良識を母親の腹の中に置いてきたに違いない。ブロンシェ、今日はこのまま屋敷に帰ろう」

アシュフォード様が端整な顔に若干の疲労を滲《にじ》ませながら、私を馬車までエスコートします。

流れるような動作だったので、うっかり従ってしまいました。

「あの封筒の中身は何だったのですか？」

「王妃様からの手紙だ。殿下の成績が落ちている上に、週末は王宮に帰らず公務もしないからな」

「まあ……アシュフォード様は王妃様からの覚えもめでたいのですね」

殿下の成績は生徒全員分が学園で貼り出されるので知っていましたが、王宮に帰っていないことまでは知りませんでした。

殿下は週末も学園の寮にいらっしゃるのでしょうか？

「あら？　なぜアシュフォード様の馬車に乗るのですか？」

ぼんやり考え事をしていたら、いつの間にやら馬車に乗り、隣と言うには密着しすぎた距離にアシュフォード様が腰掛けるところでした。

アシュフォード様は私の言葉には答えず、ふっと笑うと窓から使用人に合図をします。

イケメンは笑みだけで人を黙らせましたよ……これぞ不公平。

ガラガラと馬車が動き出し、うちの馬車も後を追うように出発しました。

「はあ、発情期の動物の相手は疲れる。なんと言っても人間の基礎が通じない」

アシュフォード様は座席に深く腰掛けます。

片手を私の腰に回し、もう片手は膝裏に差し込むとあれよあれよという間に私はアシュフォード様の膝の上に座らされました。

「あの……この恰好《かっこう》は一体……？」

「あれだけ働いたんだから癒《い》やしが欲しい」

はあーと大きく息を吐きながらアシュフォード様は私の肩あたりに顔を引っ付けます。

働いたというよりも殿下に書類と手紙と毒舌をお見舞いしていました。

書類は財務大臣の仕事ですが、王宮に帰っていないなら仕方ないですね。あの様子なら手紙を送っても読んでいないか、無視なのでしょう。

王妃様からの手紙も同様ですが、自分の息子の制御くらいアシュフォード様に頼らずやってほしいです。お疲れのようですから。

「もう少し、そばにいてくれてもいいだろう？　ブロンシェといると落ち着くな……」

そんな甘い声で言われると照れ臭いです。

アシュフォード様の片手は私の腰をしっかり支えていますが、もう片手は先ほどから私の頬をつついたり、髪をくるくるといじっています。

この状況で私の心臓がお屋敷までもつのか心配になってきました。

到着したのは、伯爵邸の三倍は大きいハウザー公爵邸。

ハウザー公爵邸とはアシュフォード様の住まうお屋敷です。

アシュフォード・ハウザー。私には身分でも見た目でも中身でも過ぎた婚約者様のお名前なのです。

普段招待を受けたときは、庭師が丹誠込めて世話をした庭園を眺めつつゆっくり紅茶を楽しむこともあります。

しかし、今は……。

馬車で膝の上に抱っこされていた私は、恥ずかしさのあまり下りるときはフラフラ状態になっていました。そんな私をアシュフォード様はさりげなくエスコートし、客間のソファに座らせると、自分の頭を私の膝の上におもむろに置いて寝転んだのでした。

助けを求めるように周囲を見回しても、給仕で何人もいる侍女や気配を消して壁際に立つ執事、護衛と目が合うことはありません。なぜか寸前で目が合わないように逸《そ》らされている気が……。使用人たちはこの状況を気にせず、仕事に集中しています。

さすが公爵家の使用人たちは熟練度が違いますね。感心している場合じゃないんですけれども。

「えっと……アシュフォード様……この状況は一体……」

「ああ。重かったか？」

「いえ、重くはありません」

「ならいい」

いや良くない。良くないですよ。何ですか、この距離は。ゼロ？　ゼロですか？

なぜ私がアシュフォード様を膝枕した状態で、ハウザー公爵邸の高級ソファに座っているのかが問題なのです。

いつも見上げることしかないアシュフォード様の顔が眼下にあるのは新鮮です。見上げても見下ろしてもアシュフォード様の美貌は変わらないのですが。

はっ、私、鼻毛とか出てないかしら。今更心配になってきました。朝は出てなかったと思うけど今はどうでしょうか、早くどいてもらいましょう。この角度ではばっちり見えてしまいます。

「この状況はちょっと……」

「婚約者同士なのだから問題ないだろう」

「もう遅いのでそろそろ帰りませんと……」

「そうか？　伯爵家の護衛と侍女のメリルは遅くなっても構わないと言っていたぞ。別室で菓子と茶を出してくつろいでもらっている」

どうやら高級菓子と紅茶で護衛と侍女は買収済みのようです。菓子を前にはしゃいでいるメリルが目に浮かびます。いいのでしょうか、伯爵家の使用人がそれで。

「婚約者同士といっても……過度なスキンシップははしたないと周りに言われてしまいます。あまり遅く帰ると良くないウワサが立ちますし」

「今は誰もいないからいいだろう。それにウワサを流されたら卒業を待たずに結婚すればいい」

なぜそうなる……のでしょうか。結婚まで話が飛躍してしまったことに思わずこめかみを押さえます。

「嫌なのか？」

「え？」

「私との結婚が嫌なのか？」

「いえ、そんなことはないです。最近スキンシップが多いのが恥ずかしいということが言いたかったのです」

「そうか……」

アシュフォード様は形の良い眉を少し寄せると、私の手を取って握りました。これは、恋人繋《つな》ぎというものですね。

「あの愚か者に感化されたわけではないが……ブロンシェとは今までエスコートなどで手を繋いだことしかなかったからな。あそこまであからさまにする必要もないが、もう少し触れ合いを増やしてもいいかと考えたんだ。事実、ブロンシェと触れ合っていると落ち着くし、抱きしめたり体温を感じたりした日はよく眠れる」

膝枕で困惑してやっと引いた顔の熱がまた一気に戻ってきました。いや、確かにそうなんですけれども。一緒にいる時間は長いけれどこんなに接触が増えたのは最近です。

「た、確かに、殿下とカミラさんはよく密着していらっしゃいますけど……あれはカミラさんが勝手に密着しているだけですから……ひゃあ！」

アシュフォード様が寝転んだ状態のまま私の腰に手を回してきたので、思わず変な声が出ました。アシュフォード様のお顔が私のお腹にくっついています。

「ブロンシェは柔らかいな」

ぎゃー！　それは太ってるってことですか⁉　確かに最近ウエスト周りは気にしてますけど！

「は、離してください！」

「嫌だ」

「恥ずかしいので‼　わっ！　ちょっ！　くすぐらないで！　きゃあ！」

アシュフォード様の手がさわさわと私の腰を撫《な》で始めたので、くすぐったいです。でも片手でしっかり腰を固定されているので逃げられません。

「アシュ……ひゃあ！　くすぐった！　あはは！　やめて！」

　くすぐりから逃げようとしていたらいつの間にか私がソファに横たわっていて、アシュフォード様が私にのしかかるような体勢になっていました。

「あ、あの……失礼しました……」

　高級ソファの上で私はなんてことを！　傷んでないよね⁉

　アシュフォード様の青い目に射抜くように見据えられ身動きできません。

　固まっている私を見てアシュフォード様は柔らかく微笑《ほほえ》むと、そっと近づいてきました。

　アシュフォード様の青い目が今まで見たことがないくらい近くなります、いえ、目以外もです。

　整いすぎた綺麗な顔ももちろん近づいてくるのですが。束ねられているはずの銀色の髪はいつの間にかほどいてあり、視界を覆うように私の顔の横に垂れました。

「綺麗……」

　思わず漏れた私の呟《つぶや》きにアシュフォード様はくっと声を立てて笑います。ぼんやりその笑みを見ていると唇に柔らかいものが触れました。

　何が起きているのか分からず、ぽかんとしているともう一度アシュフォード様が近づいてきて唇同士が触れてすぐに離れます。

「え？」

　これがどういう行為か思い当たって思わず疑問の声が出ました。その様子をアシュフォード様は愛おしいものでも見るようにしてまた近づいてきました。思わずさっきまで開けっぱなしだった目を勢いよく瞑《つぶ》ります。

　しかし、いくら待っても次の熱は降ってきません。

　恐る恐る目を開けると、壁際で影のように控えていた執事がアシュフォード様の首根っこを掴《つか》んでいました。

「坊ちゃま、そこまでです」

「もう少しいいだろう」

「坊ちゃま、あなたは盛りのついた動物ですか？」

　あら、そのセリフ。さっき似たようなのを聞いたような気がしますね。

「キスくらいでガタガタ言うなよ、爺《じい》。しばらく老眼にでもなっていたらどうだ」

「勉強が足りませんな。老眼は近くのものが見えにくくなるのですよ。先ほどまでいた壁際からの距離ですとソファの上の出来事がよく見えるはずですな」

「ちっ。良いところだったんだからもう少しぐらい見えない振りをしろ」

「女性に淡泊、いえ嫌悪を抱いていた坊ちゃまがブロンシェ様にこれほど心を許して執着されるとは、爺も坊ちゃまのご成長を嬉しく思っておりますよ」

　初老の執事はわざわざ片手でハンカチを取り出して泣いているようですが、明らかにウソ泣きだとバレバレです。

　怒濤《どとう》の嫌味の応酬に驚きながらも、アシュフォード様って舌打ちも絵になるわぁと関係ないことで感心してしまいます。しかし、執事さんのおかげでこれ以上恥ずかしい思いはしなくていいようですね。アシュフォード様が襟を掴まれているうちに距離を取ってソファに座りなおします。見回しても相変わらず他の使用人たちとは目が合いませんが、なんだか部屋の雰囲気が生暖かいです。

「じゃあ、あと三分見逃せ」

「坊ちゃま、三分でどこまでする気なのですか……あのですね、女性にはムードも大切なのでございます。こんな衆目の中でしかもソファの上で睦《むつ》み合うなど嫌われますよ？」

「うっ！　そうなのか？」

　執事さん、注意するところはそこなんですか。もっと違うところではないんでしょうか？

「はい。ここはやはり、庭師が丹誠込めて世話している庭園。口付け以上をするなら屋外はお薦《すす》めしないので人目のない温室はいかがでしょう。温室ならどの季節でも寒くありません。まぁ坊ちゃまも初心者ですから、背伸びせずに坊ちゃまのお部屋でも十分でございますよ。ムード作りはハウザー公爵家の使用人の威信にかけて我々で致しますので」

「そうか……私の勉強不足だったようだ。ブロンシェ、悪かった」

「あ、えっと、いえ……その……」

こうも明け透けに会話をされ、直球に謝られると恥じらっていた自分の方がおかしい気分になってきます。なんかさらっと口付け以上とか聞こえましたが……。

「ブロンシェ様、こんな坊ちゃまをどうぞ末永く、いえ一生よろしくお願いいたします」

「え、いやぁえっと……あの……」

「ブロンシェ、顔が赤い。大丈夫か？」

顔が赤いのはあなたのせいなんですけど。

ジト目で見遣ると、アシュフォード様は紅茶を取り替えようと近寄ってきた侍女を手で制し、いつもと変わらない様子で冷めきった紅茶に口をつけています。

後方では執事の指示で他の使用人たちがキャンドルに火を灯《とも》し始めました。アロマキャンドルらしくいい香りが漂ってきます。そろそろ日が落ちるのでしょうか。カーテンを閉め始めた方もいますね。

「ブロンシェ」

紅茶をテーブルに戻したアシュフォード様に腕を軽く引っ張られ、体を預ける形になります。

私を後ろから抱きしめたまま彼はそれきり黙ってしまいました。なんだか今日はスキンシップが非常に多いです。それに私も口付けを普通に受け入れてしまって、流されすぎですね。これがおもしれー女ならぬチョレー女でしょうか。そろそろメリルもお菓子を堪能しただろうし、家に帰りませんと。

「嫌いにならないでくれ」

帰るべく身じろぎしようとすると、降ってきたのはアシュフォード様の小さな声。

予想外の言葉に固まった私の視界の端に、先ほどまで給仕をしていた使用人たちが次々と部屋から小走りに、しかし音を立てずに出ていくのが映ります。執事さんは控えていますが、目を細めて頷《うなず》いているのはなぜでしょうか。

「その……それは私のセリフでは？」

婚約してからずっと思っていることですが、アシュフォード様ならもっと美人あるいは可愛い、そしてうちより家格の高いお金持ちのご令嬢と絶対に絶対に婚約できたでしょうに。今すぐに私との婚約を解消でも破棄でもできるのはアシュフォード様の方です。このように嫌いにならないでくれとか、捨てないでほしいと縋《すが》るべきは私でなければいけないはずです。

困惑した声を上げた私の頭にアシュフォード様は手を添えて、ゆっくりと体勢が変えられていました。

今度は私がアシュフォード様に膝枕をされた状態です。頭に当たる太ももって案外固いのね、なんて呑気《のんき》に瞬きしていると、アシュフォード様の顔が再び近づいてきます。

ぎゅっと目を瞑りましたが、キスではなく彼の吐息は私の耳をかすめています。

「また変なことを考えていただろう？　私はブロンシェがいい。私の婚約者は……私の未来の妻は私が決める。会った時にそう決めた」

耳元で囁《ささや》かれた内容に目を見開くと、今度こそアシュフォード様の唇が降ってきました。今度のキスは苦しくなって彼の胸を叩《たた》くまで続き、アシュフォード様は名残惜しそうにしながらもなんとか離れてくれました。

私が長いキスの余韻の涙目でソファから起き上がると、壁際の執事が明後日の方向に向かって「坊ちゃま、なんとか合格点です」と呟いているのが見えます。

「続きはまた今度」

アシュフォード様は私の髪を愛おし気に直しながら耳元でそう呟きました。えっと、聞き間違いですよね？　幻？

＊　＊　＊

現在、私は庶民に人気のとあるカフェにとある方によって連行されております。可愛らしい空色の新しい内装で、それぞれのテーブルとイスの形が違います。ほぼ満席で繁盛してますね。目の前で大きな口を開けてパフェを食べているのは、なんとあの第一王子の婚約者エレーナ様です。間違っても間違ってなくてもここは公爵令嬢が来るような場所じゃないんですけどね。

「ねぇ。それって惚気《のろけ》なの？」

「違います……」

「もう！　敬語は要らないって言ってるじゃない！　お忍び感が出ないわ。公式の場でもないんだし。何回お茶してもカタいんだから」

それにしても、大口でパフェを頬張る仕草を見て誰が公爵令嬢だと思うでしょうか。場所を弁《わきま》えてエレーナ様も私も目立たないような簡素なワンピースを身に着けていますが、エレーナ様はオーラでバレてません？

お忍び姿のエレーナ様と偶然出会って以来、月に一回、学園の休日にカフェで一緒にスイーツを楽しむ仲になってしまいました。いえ、むしろ毎度連行されているんですけど。エレーナ様は庶民の女子がよくやる女子会なるものをやりたかったようです。

学園では他の令嬢・令息たちの目があるので、気兼ねなく話すことはできません。派閥とか派閥がありますから。

「はぁー。美味《おい》しい。パフェ考えた人って天才！」

口の端のクリームを指で拭いながらエレーナ様は幸せそうです。

「あ、そうそう。アッシーの話だったわね」

「アシュフォード様です……」

「スキンシップが増えてきて困るって？　異性として意識されてるからいいんじゃない？　アッシーもそこは年頃の男ってことかしら」

エレーナ様はアシュフォード様のことを陰でアッシーと呼びます。どうもその呼び方は慣れませんね。あと、公爵令嬢っぽくない喋り方です。普段はなんと見事なネコ被《かぶ》り。

「いいじゃない。愛されてて。私の婚約者のエドエドなんか見てみなさいよ」

　エドワード殿下はエレーナ様にかかると、エドエドに可愛く変身。いやぁ、殿下とアシュフォード様を比べても……。アシュフォード様が聞いたら「下と比べてどうする」って言いそうです。

「エドエドの頭の中なんてこのパフェより甘いんじゃないの？」

　エレーナ様の言うことは厳しいようですが、残念ながら学園での様子を知る私ではエドエド殿下をフォローできません。あ、エドワード殿下でした。もういいですかね、エドエド殿下で。

「婚約者費用使ってキャミラちゃんに貢いでるわよ。この前、王妃様から聞かれたのよね。あのネックレス気に入った？って。エドエドが時間をかけてデザインを選んだんだって。でも私、学園に入ってからエドエドから贈り物なんてもらったことないから！　税金を勝手に使うんじゃなーい！」

　エレーナ様は今度はケーキにフォークを入れながらグチグチ言っています。カミラさんはキャミラちゃんのようです。

「アッシーが良い仕事してくれて助かったわ。相変わらず憎たらしいほど有能よね。しかも顔もいいし」

「あの……それならエレーナ様はアシュフォード様と婚約すればよかったのでは？」

「それは無理よ。あんな嫌味ったらしい毒持ちな男は結婚相手としては無理ね。観賞用よ、観賞用。それにアッシーはあなたにベタぼれじゃない。あなたにだけこのケーキより甘い顔してるわよ。他はゴミ見るみたいな目で見てるのに」

「はぁ……どうして釣り合っていない私なんですかね……エレーナ様相手なら分かりますが」

「アッシーのあんな顔向けられるなんて想像する前から鳥肌立つからやめてよ。あんなにデレデレされてるのになんでそんなに自信ないのよ。愛されてるんだから胸を張っておきなさい」

「ただ純粋に疑問で……」

「その疑問はアッシーに聞きなさいよ」

「いえ、聞いたらスキンシップが酷くなるんですよ」

「なんか……胸やけがしてきたわ」

「コーヒーでも頼みますか？」

「一番苦いのでお願い。あと、限定ケーキも食べるわ」

「え、ケーキを更に食べて胸やけ大丈夫ですか？」

「あなたとアッシーの惚気に胸やけがしただけよ。こんな時はケーキを食べないとやってられないわ」

　カフェはカップルで混雑し始めていたが、すぐにケーキとコーヒーがサーブされました。

「アッシーの気持ちは分からないでもないわ。あなたって一緒にいると不思議と落ち着くのよね。私も毎回誰にも言えない愚痴をグチグチと垂れ流しちゃってるし。だから、そうよ、あなたは癒やし系なのよ！」

　限定ケーキに手を伸ばしたエレーナ様は恥ずかしそうに顔を赤くしたと思ったら得意げに言い張ります。そんなに豊かな胸を張られると目のやり場に困りますね。

「そもそもアッシーの一目ぼれでしょ？　二人の馴《な》れ初《そ》めは有名よ」

「はぁ。あの時の目撃者ってハウザー公爵夫人しかいなかったはずですが、なぜそんなに広まったんでしょう」

　きっとハウザー公爵夫人が尾ひれどころか胸びれ、背びれ、なんなら足と尻尾までつけて方々でお話しされているんでしょう。

「はぁ、じゃないわよ。一瞬であのアッシーが懐いたんでしょ」

「一瞬じゃないですよ、さすがに」

「どんな餌付けしたのよ」

「そんな野良犬みたいに」

「だってあなたにだけアッシーは頼って甘えてるじゃない」

「そうですかね？」

「自覚ないの？　そうよ。だって誰もかれもみんなアッシーに頼るじゃない。そのアッシーが唯一頼り、甘える相手があなたよ。というかあなただけがアッシーに大して頼ってないのよ。アテにしてないっていうか。そういうとこが好かれたポイントなのかしら。癒やし系で媚《こ》びない女的な？　はーん、アッシーのタイプが分かってきたわ。あの母親を持つとそういうのがタイプになるわけね」

　勝手に分析して勝手に納得するエレーナ様。学園では絶対にお目にかかれない悪そうな表情です。

「いやぁ、そんなことないです。私はただの傍観者です。アシュフォード様は頼る前に先回りして全部やってくれちゃうんです」

「ただの傍観者がアッシーの婚約者になれるわけないでしょ。その前にいちいち悋気を入れてこないでくれるかしら？」

「悋気てませんよ」

「まぁ、媚びてくる女はこりごりでしょうね～。だってアッシー、婚約者いないエドエドよりも人気あったもの。あんだけハイエナのようにたかられたら、あなたみたいなタイプに行くわ」

「ハイエナに失礼ですよ」

「結構酷いことさらっと言うわね。でもさぁ、アッシーって小さい頃からそれは綺麗な男の子だったじゃない。出会った時にちょっとはときめいたでしょ？」

「いや、ないですよ。弁えてますよ。それにその頃は弟が一番可愛い時期でしたし。今はとんでもなく生意気ですが」

「ふーん、年の離れた弟ね。あー、もしかして。なるほど。アッシーにはあなたは眩《まぶ》しかったでしょうね。だって家族に愛されている感じが出てるんだから」

「え？　何かおっしゃいました？」

　ケーキを頬張りながら喋っているのでよく聞き取れません。

「はいはい。話を戻すけどアッシーは有能だからたくさん仕事を任されすぎて大変なのよ。憎たらしいことに顔には出さないけどね。んで、あなたといると癒やされてるみたいだから、完全にお似合いじゃない。スキンシップも嫌じゃないんでしょ？」

「それは……はい……戸惑いはしますけど嫌じゃないです」

「じゃあ、問題ないわよ。結婚したらどうせいろいろするんだし」

今でも十分恥ずかしいのに……結婚したら今以上……思わず遠い目になってしまいます。

「エレーナ様はエドエド殿下と一緒にいて何か感じますか？」

「腹が立つわね。むしろ殺したくなるわ」

「ひっ」

エレーナ様の目が据わってしまいました！

「この婚約は政略結婚だもの。好き嫌いどころではないわ。自分で選んでいいならあんなエドエドなんて閉店セールで残ってても選ばないわよ」

エレーナ様は閉店セールに行くはずはないでしょうが、喩えが酷い、酷すぎますアシュフォード様といい勝負。しかも王子が閉店セールまで残っていたら悲しすぎて……。


「ま、しっかり学園ではイチャついてちょうだい。あなたたちに影響されて婚約者を大事にようって雰囲気が生まれつつあるから。エドエド以外」

「エレーナ様は……どうされるんですか？」

「そうねー。学園の間の火遊びかと思って放置してたらそうではなさそうだし、ああいうのは私が口を出すとムキになって余計燃え上がるだろうから。それに私はエドエドのこと好きでもないし、観賞用にもしたくないから。むしろキャミラちゃんにもらってほしいわ。キャミラちゃんとこの男爵家は跡取りがいないから彼女を引き取ったでしょ？　もうエドエドは男爵家に婿入りでいーじゃなーい」

「そ、そうですか……。では放置の方向で？」

「そうね。でも婚約者費用をキャミラちゃんに使用したりするのはダメだからそういうところはきっちりシメておかないとね。あと授業に出ないのも公務をさぼるのもダメね。小さい頃は天使みたいに可愛かったのに、今じゃ顔だけ良いダメ男に成り下がったわね」

　エドエド殿下が第一王子だとうっかり忘れそうなこき下ろしっぷり。そういえば、まだ誰が立太子するかも決まってないのですよ。

「まさか申請書にスリーサイズを載せさせたのって……」

「財務大臣に私が進言したわ。あれならドレス仕立てる時にバレると思って。あとは王妃様にチクったわね。そうしたら財務大臣がアッシーを使っていろいろやってくれたわ。アッシーの仕事を増やして申し訳ないけど、学園でのアッシーの株は上がってるから相殺してね。私がエドエドに言うと反発するのよね」

　エレーナ様は限定のフルーツケーキを完食しています。

「あなたと一緒にいるところを見たら、アレもちゃんと人間なんだって分かったわ。あなたと一緒になかったら人間味ないわよ」

　とうとう、アッシーからアレに短縮されてしまいました。

　エレーナ様はまだ食べるらしく、メニューを開いてケーキを物色しています。

お次に選んだのはチョコレートケーキ。

運んできたウエイターは、彼氏に振られてやけ食いでもしていると思ったのか、

「こちらはサービスです」

にこやかにクッキーを置いていきました。

「エドエドはあれでマトモになればいいけど」

婚約者というよりも手のかかる弟のような扱いです。それともダメ男の更生でしょうか。

「それにしてもジゼル、むかつく」

エレーナ様が最も腹に据えかねているのは、エドエド殿下でもキャミラさんでもなく、エレーナ様と同じクラスのご令嬢ジゼル様に対してでした。

「ジゼル、むかつく」

普段は完璧な微笑を浮かべて学園をしずしず歩いているエレーナ様が、チョコレートケーキにフォークを勢いよくブッ刺します。

「エレーナ様、それはちょっと……」

「なぁに？」

チョコレートケーキは固めだったらしく、エレーナ様が手を離してもフォークは垂直に刺さったまま。

何の罪もないケーキに八つ当たりをしないでください。

「ケーキに罪はありません。そしてさすがにマナーが悪いです」

「このくらいのマナー違反は可愛いものじゃない。王妃様だって陛下とケンカした後はソファでバタバタ暴れながらミャーミャー鳴いてたわよ」

「この流れで王族の秘密をさらっと入れ込まないでください」

「あの完璧王妃様の醜態をバラしたのにその淡泊な反応。あなたってアッシーに似てきてない？」

「それで、ジゼル様がどうされたんですか？」

いろいろツッコミを入れたい部分はありますが、ひとまず置いておきましょう。


ジゼル・ダフ侯爵令嬢といえば、高位貴族で跡取り娘でありながらまだ婚約者が決まっていない珍しいご令嬢のことです。

「なんだかアッシーと話してる気がしてきたわ……この間ジゼルが高笑いしながら、この国と周辺国で起きた王族からの婚約破棄事件の資料を嬉々《きき》として置いていったのよ。『おーほっほっほ。あんな女狐に殿下を取られそうだなんて、あぁお可哀想に。こちらでも読んでお勉強されたら？』ってね」

エレーナ様はわざわざ声真似までしています。

「そんなに婚約破棄の件数はないのでは？」

「百五十年前まで遡って調べたようね。三十件くらいあったかしら。婚約破棄された令嬢・令息が処刑されたものや修道院送りになっているものもあったわ。もちろん王族が罰せられた件もあるけど。周辺国のウワサ程度のものまで含まれていたわね」

嫌がらせの割には手が込んでますね。むしろ嫌がらせのためにそれだけ調べたなら相当な執念を感じます。

　もしかして婚約破棄を調べるのが趣味？　それとも嫌がらせをするなら徹底的にというタイプでしょうか？　他に考えられるのは、ただ単に育ちが良すぎて嫌味がど下手なのか、悪趣味なのか、エレーナ様に対してツンデレかといったあたりでしょうか。

「ジゼルは婚約破棄事件簿って本でも書けばいいのよ」

「言い返したんですか？」

「あなたは少なくとも婚約者を取られる心配はないわねって言っといたわ」

　ジゼル様にはまだ婚約者いませんからね……それがコンプレックスで本人も焦っておられると聞きます。

　エレーナ様は基本お優しいのに、エドエド殿下とジゼル様には容赦がないですね。

「一体、いつまで私のブロンシェを独り占めするつもりだ？」

　冷たい声が後ろから割り込むと同時に、私の両肩に少しひんやりする手が置かれました。

「あら、アシュフォード早いじゃないの。仕事はキチンと終わったのかしら？」

「終わりましたよ。ほんっとうに大変だった。暗愚な殿下の尻ぬぐいと王妃殿下の愚痴聞きと王城まで押しかけてくるビッチの追い返しは。呆れを通り越して感心するレベルだった。頭の中身が人間のそれじゃないのかもしれない。鳥頭などと形容するにも鳥に失礼だ」

　多大に本音をまき散らしながら背後に立つアシュフォード様はため息をついています。憂いを含んでいる表情も、どの女の子よりも綺麗なのはいっそ顔だけで嫌味です。

「ボンクラ王子の婚約者様がもう少し頑張ってくれれば楽なんだが」

「だから頑張ってボンクラに熨斗《のし》つけてビッチにあげようとしてるじゃなーい」

　アシュフォード様の貴族らしい恰好とエレーナ様とのやり取りが庶民のカフェでは目立つので、付いてきた初老の執事に促されて迎えの馬車へ向かいます。アシュフォード様は何を思ったのか、馬車に乗る前に足を止めました。

「なぁ、爺。さっきの男、ブロンシェを必要以上に見ていなかったか？」

「どの男性でございましょうか？　もしや赤毛の？」

「そうだ。出口近くのテーブルで注文を取っていた男だ。名前はアンディで、ウェーブした赤毛にこげ茶の目だ」

　え、あの一瞬でそんな詳細を把握したんですか？　しかも執事と阿吽《あうん》の呼吸。ちょっと羨ましいです。

「かしこまりました。調べておきましょう。何かされますか？」

「エレーナ様を見てただけですって」

「いや、あのウエイターはブロンシェを必要以上に見ていた。食べ終えて出ていく客に挨拶するためにあの男が何か作業をしながら顔を上げるのは約二～四秒。それなのにブロンシェだけは注文を取りながら、たっぷり十秒は見ていた。倍以上だ。職務怠慢だ」

「それはいけませんね、坊ちゃま。すぐに調べ上げてシメましょう」

「あぁ、ブロンシェが減る」

「長生きするためには身の程は弁えなければなりません」

一体、何のお話ですか！　何する気ですか！

「スイーツを食べまくっていた明らかに金持ちでぼんやりしていそうな奴ではなく、ブロンシェの方に視線を向けるのは見る目があるといえるだろう。だが、ダメだ。ブロンシェが減る。二秒なら一万歩譲って許せるが、五秒以上はアウトだ。あいつはブロンシェに気がある」

「この爺にお任せください。すぐにクビにさせてみせましょう」

「ちょ！　やめてください！」

「ウエイターに嫉妬してる。嫌だわ、アッシーの青春なんて。ゴチソウになります～」

アシュフォード様はカフェに入ってきた時に私たちの分の会計を済ませていました。私はスマートさに感心し、エレーナ様はＶサインを作って満面の笑み。いや、エレーナ様、それより今のこの変な状況を何とかしてください。あのウエイターさんの命が危ないかもしれないのに！

「はぁ、美味しかった。まだケーキ三つは入りそう。あの店はアタリね。また行きましょうね」

馬車の中で満足げにお腹をさするエレーナ様にアシュフォード様は呆れたような冷たい視線を送りつつ、手はしっかりと隣の私の腰に陣取っています。

　エレーナ様、あんなに甘いものを食べて太らないなんて羨ましいことこの上ないです。摂取した糖分は全部胸にいくのでしょうか？

「あ、そうそう。ブランドンの風邪はもう治ったの？　長く休んでいるじゃない？」

「もう一週間か。あの駄犬が……あいつのせいで仕事が増える……」

「ブランドンが風邪なんて鬼の霍乱《かくらん》かしらねー。バカは風邪ひかないって言うのに」

　そういえば最近、学園でブランドン様を見ていないのは風邪だったからかと納得できました。

　ブランドン・ミュラー様。ミュラー伯爵家の次男で、学園ではアシュフォード様と同じクラス。座学のお勉強はアシュフォード様がいくら教え込んでも右から左に通り抜けていくようですが、剣の腕前はすでに騎士団からうちで働かないかとオファーが来るほど。

　だから駄犬は言いすぎですよね。確かに外見は少し犬っぽいんですけど。

「あの駄犬がいないせいであのボンクラやビッチが暴走してブロンシェといる時間が削られる……」

「学園の休憩時間の度に一緒にいるくせによく言うわよ」

　ブランドン様はあのお二人を物理的に止める係なのです。大体、いろんな令息のところにフラフラ行くカミラさんに麻袋を被せて回収している場合がほとんど。

　ブランドン様がこの一週間お休みなので、カミラさんがエドワード殿下の目を盗んでアシュフォード様や他の令息たちに纏《まと》わりついて結構大変なようです。もちろん後から彼女を探しに来るエドワード殿下も絡まれたらめんどくさいんです。

賢い令息たちは婚約者がおり、カミラさんなど相手にしません。たまに遊び上手な家を継がない令息たちはカミラさんとうまいこと遊んでいるようです。どういう遊びかは知りませんよ？

「この前はあのビッチとボンクラのせいでブロンシェとの時間が三十三分も無駄になった」

「計測してんの⁉　何それ。気持ち悪いんだけど」

あの婚約者費用申請書類云々《うんぬん》のやり取りでそんなに時間が経《た》っていたのですか。

「ちょっと！　あなた何、納得してるの！　アッシーはいつもこんななの？」

「うーん、そういうわけでは……ひゃっ」

エレーナ様が向かいから身を乗り出してコソコソ話しかけてくるが、アシュフォード様の方にグイッと引き寄せられます。エレーナ様にしっしってやらない方がいいですよ！

「ブロンシェ、今日もうちの屋敷に寄ってほしい」

「え……でも、昨日もお邪魔しました」

「婚約者なんだからうちに来るのに誰もお邪魔なんて思わない」

「いえ、そんな連日約束もなしで訪問するのもどうかと……ほら私、今日はこんな恰好ですし」

今日の恰好は庶民に見えそうなワンピース。さすがにこの服でハウザー公爵家の敷居は跨《また》げません。

「言いそびれていた。ブロンシェにはこういう恰好も似合うな」

アシュフォード様は私のワンピースの裾の刺繍《ししゅう》を指でそっとなぞり、その際に指が足に触れました。思わずびっくりとした私の首にアシュフォード様は顔をうずめてきます。

「あのー、私もいるんですけど。忘れてない？　イチャつかないで」

「ブロンシェ、忘れていた。彼女を送ってからうちの屋敷に来てほしい。遅くなるのが心配なら泊まっていけばいい」

「いやー！　なんなの、アッシー。なにこの甘ったるい空気。やってらんないわよ！　それにお泊まりとかまだ早いでしょ！」

　とうとう本人の前でアッシー呼びになってしまいました。

　アシュフォード様が喋る度に息が当たってくすぐったいです。おそらく私の顔は真っ赤なのでエレーナ様を見ることができません。

「はぁ、もう。こっちは婚約解消寸前なのにさぁ」

「ふっ。羨ましいだろう。こんなに私とブロンシェがラブラブで」

「ラブラブって言うな！　死語よ、それ！　本当に気持ち悪い！」

「婚約者に大事にされないからと八つ当たりか。私もアレのせいで仕事が増えて癒やしが必要なくらいなんだが」

「私だって好きで婚約者になったんじゃないわよ！」

　エレーナ様のお屋敷に到着するまでずっとこんなやり取りが続きました。

　結局私はその後、昨日に引き続きハウザー公爵邸にお邪魔、いや連行されたわけです。

# 第二章★私の婚約者様は企んでいる

お天気のいい日。ランチ時の学園の中庭でアシュフォード様のピリついた声が響きます。

「お前が一週間休んでいる間にいろいろと状況が変わった。まったく……風邪などに負けて！」

「ごめんごめん〜。熱出てるのに気が付かなくってさぁ、騎士団の鍛錬に参加して王宮十周走って、気づいたらベッドの上で五日経ってた」

「ちっ、この駄犬が」

「ダケンってアッシュはよく言うけどなんて意味？　犬の種類？　可愛い？」

「辞書を引け、辞書を」

「引いてもすぐに忘れちゃうから〜」

ピリピリしているアシュフォード様に対し、気の抜けまくった会話をしているのは風邪から復活したブランドン様。

うーん、相変わらずブランドン様の天然パーマの栗毛はふわふわのくりくりです。今日は晴れだからこのくらいですが、雨の日だともっと絶好調にうねっています。彼が犬っぽく見えるのはこの天然パーマとやや小柄な身長のせい。本人曰《いわ》く、成長期だそうです。

私はアシュフォード様が腰に回した手を離してくれないので、二人の会話を聞きつつ黙って持参したサンドイッチを咀嚼《そしゃく》しております。今日の具はローストビーフ、大変美味しいです。明日もこれがいいなぁ。

「……もういい。ブランドン・ミュラー。休んでいる間にどうせ忘れているだろう。引き続き任務を与える」

「はっ！　ありがたき幸せ！」

いつもの「騎士に任務を与えるごっこ」が始まりました。ブランドン様は嬉しそうに跪《ひざまず》き、背後にはぶんぶん勢いよく振れる尻尾が見えそうです。

ブランドン様は会話からお察しかもしれませんが脳筋でございます。

学園の成績は剣術とダンス以外、すべて平均すれすれ。赤点でないのはアシュフォード様のテスト前指導のおかげです。アシュフォード様がテストに出そうな箇所をピックアップし、それを一晩で覚えるという清々《すがすが》しいまでの一夜漬け。

アシュフォード様がふざけて始めたごっこ遊びですが、騎士になりたいブランドン様の働きがすこぶる良いのでずっとこの形式が続いております。これなら内容を理解してくれる、というのもあります。それにしてもブランドン様ってアシュフォード様のことを恐れない上に素直です。

「カミラという女子生徒が殿下以外の男子生徒に近づくのを阻止しろ。手段は問わない」

「オッケー。それなら超簡単。殿下はもういいの？」

「次のテストまで殿下は王宮の自室に軟禁だ。王妃殿下が留年すれすれまで低下した成績にお怒りで、家庭教師たちがテスト範囲の勉強を詰め込んでいるところだろう。あとは溜まっていた公務をやってもらわないと」

　ニヤリとアシュフォード様は笑います。悪そうな笑顔です。

「ふーん。ナンキン？　何かよく分かんないけど、そっかぁ」

　ふーんで流しちゃいけない箇所ですよ、ブランドン様。

「殿下より優秀な他の子息たちが被害にあってはいけない。国の将来に関わる。殿下一人を生贄に国の将来が救えるなら安いものだ。ところで、お前の父上から次のテストではもう少し点を上げてくれないかと頼まれている」

　あー、そんなお話この前ありましたね。「いくらアシュフォード君でも、うちの息子を賢くするのは無理だよね……」とミュラー伯爵から諦め気味にお願いされたあれですか。

「え、もうテストだっけ？」

「ついさっきテストの話をしたばかりだろう。テストは二週間後だ」

「あー、んー……無い剣は振れない！」

「それを言うなら無い袖は振れないだ。学園の成績がこのまま悪いと騎士団に入れなくなるそうだ。平均すれすれではダメらしい」

「えー！　せっかく週五で騎士団に通って団長クラスと手合わせできるようになったのに！」

「週五は行きすぎだ。週三に減らせ」

「そ、そんな……」

ブランドン様はこの世の終わりのような顔で落ち込んでいます。勢いよく振っていた尻尾はしゅんと垂れ下がり、いえ実際に尻尾は見えないんですけどね。

「お前の場合、剣は量より質だろう。勉強はとにかく量をこなせ。私ではお前に暗記は強要できても、勉強を教えるのはお前がアホすぎて無理だ。ということで明日までになんとかお前の勉強については対策しておく。それまではお前の休んでいた期間のノートを見直しながら任務を遂行しろ」

アシュフォード様はどさどさとノートの写しを積み上げています。ブランドン様はすでに涙目。アシュフォード様、ブランドン様には面倒見いいですよね。可愛いですもんね、ブランドン様。アシュフォード様の毒舌が全然こたえていないようですし、私たちを見かけたら嬉しそうに走ってきてくれますから
「あ、アシュフォード様！　こんなところにいたんですね！」

ガサガサ、そしてキンキンと高めの声を響かせて突如現れたのは先ほどまで話題にのぼっていたカミラさん。というか、今カミラさんどこから現れました？　茂みにいたんですか？

彼女の制服のスカートが規定よりだいぶ短いのは殿下の趣味でしょうか？

「エドワードがどこにいるか知りません？　教室に行ってもいなくって」

カミラさん。ここは学園ですが、一応第一王子には敬称をつけて。一応のお約束ですよ？

あ、アシュフォード様が舌打ちしました。不快なのを隠す気がないようです。

「ブランドン、リハビリだと思って行ってこい。これから忙しくなるぞ」

「アイアイサー！」

「きゃあああ！」

数秒後、麻袋を被せられたカミラさんが結構な速度でどこかへ引きずられていきました。

「ブランドン、粗大ごみは今日捨てられない。午後の授業までにはそのごみをなんとかして戻ってこい」

カミラさんは粗大ごみ扱いです。アシュフォード様の言葉に麻袋を引きずるブランドン様は手を挙げて応えています。

中庭でランチをしていた他の生徒たちもベンチやテーブルを動かしてブランドン様の通り道を作ってくれていました。

「はぁ……」

アシュフォード様は疲れた様子で私の肩に頭を乗せ、私の手を取って、かじりかけのサンドイッチを口に運びます。流れるような動作だったので止められませんでした。

「うまいな」

「はい、ローストビーフです。もっとどうぞ」

サンドイッチの入ったバスケットを差し出すと、分かりやすく眉をひそめています。

「？　苦手なものがありましたか？　ピクルスは入っていないのですが」

「ブロンシェに食べさせてほしい」

「え？」

「食べさせてくれたら疲れも吹き飛ぶんだが」

「え？　え？」

アシュフォード様は非常にイイ笑顔をしています。これはつまり、あーんをしろということ？

「ダメか？」

殊勝な態度を取りながら腰に回った手には力が入っています。これは逃げられない。逃がしてもらえない。

「ブロンシェが食べさせてくれたらいつもより食べられる気がする」

アシュフォード様は忙しいとよく食事を抜く方です。それが原因で屋敷で倒れたことがあります。あの時私はたまたま一緒にいましたが、あまりのアシュフォード様の顔の青白さに取り乱してしまいました。だって白目もむいてたんです。怖かった。

「むぅ……また倒れたりしないでくださいね？」

そっとサンドイッチをアシュフォード様の口元に差し出すと、私を見つめたまま嬉しそうにサンドイッチを頬張ります。なぜイケメンはサンドイッチを大口開けて食べてもイケメンのままなのでしょうか。不公平。

「忙しいとつい忘れるからな。ブロンシェが四六時中一緒にいて私を監視してくれればいい」

次を催促するように彼はまた口を開けます。私はサンドイッチをもう一つ口に入れてあげました。監視って無理じゃないですか？　普通、監視を嫌がると思うんですが。

「そういえば、先ほどのブランドン様のテスト成績に関してなのですが……」

アシュフォード様は頭が良すぎて、勉強を教えるということには不向きです。一を教えて二〜十九は飛ばして二十を教えてしまうので。でも、私も誰かに教えることができるほど抜きんでた成績ではありません。

たまたまひらめいたアイディアをアシュフォード様に提案してみました。


学園で貼り出される成績。

トップはもちろんアシュフォード様。

決して簡単ではない学園のテストで毎回悠々と満点を叩き出すのです。

筆記問題が多く出題されたときはなぜか満点より二十点も高い点がでーんと記載されていたこともあります。謎です。ご本人は「簡単だった」と言っていますが……。

そして二位にはいつもエレーナ様が続きます。

ちなみにエレーナ様は王妃教育があるため、学園に来られない日や早退する日が多いです。エドエド殿下は第一王子ですが立太子していないので、王子妃教育と呼ぶのかもしれないですがエレーナ様から聞いた内容によると、王妃様直々に教えることもあるそうなので実態は王妃教育と遜色ないのでしょう。エドエド殿下が立太子しなかったらエレーナ様はどうなるのでしょうか？　年の離れた第二王子の婚約者に？　その前に頑張って婚約解消？


「そんなゴシップ新聞を読みながら時間がないと抜かすのか」

「ええ、これは私の大切な大切な時間ですの。邪魔しないでいただけるかしら？」

「邪魔はしていない。お願いしているだけだ。いや提案が正しいか」

「あなたの犬に勉強を教えるお話？　私、ご覧の通り忙しくって。お断りしますわ」

「ほぅ？　婚約破棄事件を百五十年前まで遡る時間もあるのに？」

「おほほ。あの女狐があまりに目障りだったので、つい。殿下もなんだか腑抜《ふぬ》けていらっしゃるようですし。あれは私なりの親切心ですわ。つまり女同士のコミュニケーションの一環ですのよ。殿方に口を挟まれる謂れはございませんわ」

「そんなものがコミュニケーションなら金魚にでも食べさせろ」

　はっ！

　目の前の言い争いから現実逃避してしまっていました。

　ここは図書室。

　広い自習机一面にゴシップ新聞をバーンと広げて座るのは見事なプラチナブロンドの令嬢。その向かい側に立ったままのアシュフォード様。

　ゴシップ新聞は図書室に置いてあります。貴族や有名俳優のゴシップなんかも書いてあるので事実かどうかは分からなくとも暇つぶしに読む娯楽要素の強いものです。私だけでなく、他のご令嬢たちも結構読んでいます。

　あら、なんだかここだけ酸素が少ない？　いや寒い？　なんだか寒気がするので腕をさすります。

先ほどまで図書室にいた他の生徒たちは、この二人の会話が始まるとあまりのピリピリとした緊張感に退散していきました。いつもは課題に取り組む生徒が何人もいる図書室が現在は貸切状態です。

アシュフォード様の無表情かつ凍てつく視線を、ご令嬢は笑みを浮かべて平然と受け流しています。

彼女のお名前はジゼル・ダフ。ダフ侯爵家のご令嬢で、エレーナ様がむかつくとぼやいていた方です。

並の令嬢や令息ならアシュフォード様のこの視線を受けてガクガクブルブル震えるはずなんですが、彼女は優雅に笑みをたたえていらっしゃいます。それだけですごいです。というか怖いです。私も逃げたいです。

「気の強いことだ。これでは女に幻想を持っている令息たちは逃げ出すだろうな」

あー、ジゼル様には婚約者がいらっしゃいませんから。この勝気な性格のせいかは知りません。というかアシュフォード様、この場面で私の腰を抱いておく必要性あります？　ないですよね？　ジゼル様への当てつけですか？

「まぁ、婚約者のことをあなたも心配してくださるの？　安心なさって。私に婚約者がいないのではないの。『彼』に『私』という婚約者が足りないのですわ。おーほっほっほ」

すごすぎます。その強気発言。聞き手になかなかのダメージを与える発言です。

カミラさんも会話が通じないというダメージを相手に与えますが、ジゼル様はまた違ったダメージの与え方です。つ、強い。

「あの……アシュフォード様。向こうで待っていてください。私がお話ししますので」

おそらくこの二人ではこの調子で会話が進まないだろうと口を出してしまいました。

アシュフォード様は不満げにブツブツ言っていますが、私の頭にキスを落とすと二つ向こうの机のイスに腰を下ろし、嫌味なくらい長い足を組んで待ってくれるようです。もう少し離れていてほしかったのですが隣でなかっただけいいでしょう。

「お邪魔してしまい申し訳ございません。ブロンシェ・シャイスと申します」

「知っているわ。あれの婚約者でしょ？　有名よ。あれの犬のテストの点数を上げるために勉強を教えるなんて私は嫌よ」

ジゼル様は少し吊り上がり気味のグリーンの目にありありと不満げな色をのせています。

さっきまでアシュフォード様と言い合いをしていた時は威嚇するような笑みでしたが、私を前にすると恐ろしい笑みは消えていました。

「ジゼル様はテストの点がいつも良いですし、説明がお得意だと聞きましたので」

ジゼル様の成績は良く、いつも十位以内に入っていらっしゃいます。そして説明がうまいというのは、エレーナ様に渡された婚約破棄について調べ上げた資料がとても分かりやすかったからです。でもエレーナ様から見せてもらったなどとは言えないので説明がうまいとお茶を濁しています。

「ブランドン様はテストで良い点を取らないと卒業後の騎士団への入団が取り消されてしまうか

もしれないのです。どうかお力添えいただけないでしょうか？」

　褒めてからお願いする、これは基本中の基本ですよね。

「テストの点を自力でどうにかできないなら騎士団に入っても意味がないのではなくって？　ただ剣を振るえばいいわけではないでしょう？　戦略を立てたり、敵の裏をかいたり、一瞬で判断したり。そんな方が騎士に向いているのかしら？　諦めて他の道を考えたら？」

　うわぁ、きっつー。でも正論です。

　でもでも……正論がいつも正しいとは限らないんですよ。

「ブランドン様はまだ勉強の楽しさ……学ぶことの面白さが分かっていないだけなのだと思います。知識が点で散らばっていて……それが線で繋がれば楽しくなるんだと思います。それには良い教師が不可欠なのです。学生の間に良い教師に巡り合えなかったからと諦めるには早いと思うんです。アシュフォード様ではその……ちょっと……」

「…………あなたのおっしゃることも分かるわ。私は家庭教師の先生が良かったから恵まれていたのかもね。でも、私があれの犬を助けたからといって特にこちらにメリットがないわ。私は聖人君子ではないの。ミュラー伯爵家の次男と繋がりを強めたところで何もならないわ」

　フンッとジゼル様は再びゴシップ新聞に目を落とします。学園は婚約者探しや他家との繋がりを強める側面もありますからね。ジゼル様がどちらに重点を置いているかは知りません。

　横顔を見ながらエレーナ様とは違うタイプの迫力のある美人だなぁと見惚れていました。

　ふんわり巻かれた髪を耳にかける動作も絵になりますわぁ。

「まだ何か？」

立ち去らない私にジゼル様は顔を上げて、形のいい眉をしかめます。

実は、ブランドン様の勉強を見てもらうのにジゼル様の名前を挙げたのは私なんです。

学園の先生に質問するにもブランドン様はどこが分からないのか分からないから質問できません。ここはジゼル様に助けていただくほかないでしょう。面倒見が案外よくって、そして厳しさも持つジゼル様に。アシュフォード様のような天才タイプは教えるのに不向きです。

よし、やはりメリットを提示しないといけませんよね。お願いだけじゃあ弱いですから。ここであの「ピンクのヒツジストラップ」を使うしかないでしょう。今まで黙って心に秘めていましたが、伝家の宝刀を取り出す時。え、やだなぁ、全然脅しじゃないですよ？

「あの……ブランドン様に勉強教えたら筋肉、見放題ですよ？」

「はあ？」

「え？　だってお好きですよね？　筋肉が」

「ちょ！　何言ってるのよ！」

「え、違いましたか？　だって通行証お持ちですよね？　がーでぃあ、ふぐっ」

最後まで言わないうちにジゼル様の白魚のような手が私の口を結構な勢いで塞ぎました。

アシュフォード様が立ち上がり、私とジゼル様の間に割って入ったためすぐに解放されましたが、ジゼル様は血走った目で周囲を素早く見回します。

「ガーディアンクラブなんですが」

「ちょっと！　空気読みなさいよ！　この空気でどうして続きを喋るのよ！」

「え、だって他に誰もいませんし」

「声くらい落としなさい！　いえ、場所を変えるわよ！」


場所は変わって図書室内の個室にて。

ジゼル様は有無を言わさず私を個室に連行しました。アシュフォード様は顔をしかめながらも黙ってついてきます。

「ガーディアンクラブなんですが」

「ちょっと！　あなた、ほんとに空気読みなさいよ！　部屋に入ってすぐ直球で話を始めないで！　このいけ好かない男とそっくりじゃないの！」

ジゼル様は忌々し気にアシュフォード様を睨んでいます。最初からだけどこの二人、相性悪すぎますね……。

「こいつ、令嬢教育を受けているのか？　まさか、殿下と一緒で学園全体のマナーが著しく低下しているのか？　ここは地獄か」

「は？　人にお願いをする分際で何を言っているの？」

二人が睨み合い、室温が下がり始め腕にも鳥肌が出現しました。

「えっと、通行証のピンクのヒツジを見ちゃったので」

私が口にしたワードでジゼル様は睨み合いをやめ、脱力したようにイスにへたりこみました。

「はぁ……そうなの……そこまでバレてるわけね……私のお父様に告げ口でもするの？　それとも周囲に言いふらす？」

「あ、やっぱり侯爵様はご存じないのですね？　ということは夜から始まるショーをご覧になったことがない？　あのクラブは夜のショーが大本命ですのに」

「ブロンシェ、一体どういうことだ？」

　うーん、殿方のいる前でこの話をしていいものなのかしら。ジゼル様は先ほどまでの勢いはどこへやら。頭に手を当てて俯《うつむ》きながら「私だってショー見たいわよ……でもだって……門限が……お父様にバレたら……くっ……私だって目玉のショー見たいわよ……見たいぃぃ」とブツブツ怪しく呟いています。

「ガーディアンクラブは肉体美を誇る男性たちがたくさん働いていらっしゃるクラブです。食事もでき、お酒も飲めて、ショーもあります。手厚い接客の他にもオプションで諸々のサービスがあります。お姫様抱っことか」

「あー……なるほど……」

　こっそり耳打ちすると遠い目をするアシュフォード様。この表情は珍しいですね。

　ガーディアンクラブというのは怪我《けが》で騎士や冒険者として働けなくなった方たちの再就職先斡《あっ》旋《せん》を目的として作られた店舗でした。最初は事務や運送など多岐にわたる仕事を紹介する店だったはずなのですが……オーナーの奥様の思い付きで始めた現在の業務が人気を博し、今では仕事先紹介はメインではやっていないそうです。

「ん？　ブロンシェはなぜそのクラブについて詳しいんだ？　貴族も行くクラブは秘密厳守のはずだが……まさか……通っている……のか……？」

「うちのエリカがクラブの常連なのです」

　珍しくアシュフォード様の顔色が悪くなります。仕事のしすぎ以外では珍しいですね。

　エリカはうちの侍女で、給料のほとんどをガーディアンクラブにいる〝推し〟という存在に貢いでいるようです。エリカはマッチョ大好きですからね……。エリカの推しは訓練中の不慮の事故で隻眼《せきがん》になってしまった元騎士。眼帯姿が凛々《りり》しいのだと力説していました。

　ガーディアンクラブは一見さんお断りなので、常連さんと一緒に行かないと入れません。二回目からは通行証（ピンクのヒツジストラップ）がもらえて一人でも入店できるようになります。面白いシステムですよね。ピンクのヒツジはオーナーの趣味だそうです。

「ちょっと、そこ！　散々脅かしといていちゃつかないでくれる!?」

「なんだ、生きていたのか。ようやく黙ったから死んだかと」

　アシュフォード様と顔を寄せ合って小声で会話をしていたらジゼル様が復活されました。

　そしてアシュフォード様の毒舌が戻ってきています。またバチバチやられたら大変です。寒くて風邪ひいちゃいます。

「あ、お話の続きをしますね。ということなので、ブランドン様に勉強を教えていただけたらショーを見られない代わりに、ブランドン様の筋肉を見放題ですよ」

　ブランドン様は騎士志望なだけあって常日頃鍛えてらっしゃいますからねぇ。

「あ、触り放題かもしれません」

「な⁉　そんな破廉恥な！」

ジゼル様は少し涙目になりながらも……しっかり喉がゴクリと上下したのが見えました。

実はエリカから目玉のショーの前に帰る貴族のご令嬢らしき人がいると聞いていました。エリカもちらっと見ただけで顔まで見たわけではありませんし、その時はそれがジゼル様だなんて全く考えていませんでした。お忍びで通っているご婦人・ご令嬢はいるでしょうから。でもご婦人なら夜のショーも大抵見て帰ると思うんですよね。

ある時、学園でジゼル様が鞄《かばん》から落ちたヒツジのストラップを異常な素早さで拾って隠すところを偶然見てしまったのです。学園には持ってこない方がいいですよね。

何も知らない人が見ればなんてことはない可愛いストラップなのですが、私はエリカのおかげで知っていました。そして先ほどの会話からジゼル様がショーの前にそそくさと帰るご令嬢ではないかと予想したのです。当たりでした！　うふふ、やったー！

「この私を……脅しているわけね……。これで断ったらお父様や周りに言いふらすつもりなのでしょう！　そうしたら私は……とんだ笑い者だわ！」

ジゼル様は追い詰められて開き直ったかのようにこちらをキッと睨んできます。

「えっと……どこが笑い者なんでしょうか？」

庇《かば》うように前に出ようとするアシュフォード様を押さえつつ、ジゼル様に問います。

「だって！　クラブに通ってることが周りにバレたら軽蔑されるに決まってるもの！　注意して

変装して行ってたのに！」

「え、特に軽蔑しませんが……個人の趣味ですし。好きなことがあるって素晴らしいことではないですか？　うちの侍女のエリカはあのクラブのおかげで毎日楽しそうです」

「注意してた割にはストラップを見られてるじゃないか。脇が甘すぎる」

　エリカは独り言と不気味な笑いが多いことを除けば仕事のできる侍女。私にクラブのことを話してくれるエリカはキラキラしています。給料ほとんどつぎ込むのかぁと引っかかりはしますが、他人の好きなものを否定する気は私にはありません。エリカがストーカーを始めたり、借金をいろんなところからし始めたりすればさすがに止めますけれども。

「あ、もしよければたまにうちに泊まったことにしてショーを見に行きますか？　そうしたら門限を気にせずにクラブに滞在できますよ。侯爵様もわざわざうちまで真偽を確かめに来ないでしょう？　ショーが終わったら泊まってってもらえればいいですし。エリカとジゼル様は話が合うと思うんですよ」

　ジゼル様はポカンとして、その後考え込み、最終的に真っ赤な顔で私の両手を握りました。

「ブランドン様のことお願いできますか？」

「……お泊まりは……その……お願いするわ……。私はその代わりに……犬のテストの点数を上げればいいのよね！」

「欲望がプライドに勝ったな」

　アシュフォード様がこぼした言葉は幸いにもジゼル様の耳には入らなかったようです。

「ブランドンのテストの点を各科目二十点ずつ上げてくれ。それか突出した科目を二つほど作ってくれれば、他は平均取れれば構わない」

「はぁ！　あのバカの点数をそんなに上げるの⁉　この鬼畜！　無理よ！」

　ジゼル様はアシュフォード様には絶対に噛みつきますね。

「ブランドンと仲良くなれば騎士団に見学に行ったりしやすくなるな」

「くっ……騎士団……」

「稽古も見たりできるかもな。稽古の後はみんなよく脱ぐぞ」

「くぅぅ……け、稽古……しかも……脱ぐなんて……わ、分かったわ！　やってやろうじゃないの！」

「肉欲なのか？」

「わぁ！　ありがとうございます！」

　喜んでジゼル様の手をもう一度取ろうとしたらアシュフォード様に腰を抱き寄せられて叶《かな》いませんでした。とりあえずブランドン様の件はこれで安心、でしょうか？

　頭上で「うちにも早く泊まりに来てほしいんだが……」と聞こえた気がするが、それは全力でスルーしました。

＊　＊　＊

「えっと。これは一体……どういう状況？」

「あ、エレーナ様。今日は王宮でのお勉強はお休みの日でしたっけ？　お菓子どうぞ！」

「えぇ、今日はお休み。王妃様の愚痴も聞かなくっていいわ」

ふらっと部屋に入ってきたエレーナ様はテーブルにつくと、私が素早く出した焼き菓子の山に早速手を伸ばします。

「ねぇ、なんで鞭持ってるのに机を蹴るのかしら」

「足が出ちゃうタイプなんでしょうねぇ」

私たちの視線の先にはドアで仕切った隣の部屋にいるブランドン様とジゼル様。

ブランドン様は机にかじりついており、ジゼル様はその脇に立って鞭を手にしながらなぜか机を足で蹴っています。暴力はよくないですよ。

「ちょっと！　そこはさっき教えたじゃない！　なんで間違えるの！」

「すみませ～ん」

ジゼル様のキリキリする声とブランドン様の間延びした声が響きます。このやり取りがさっきからずっと。ブランドン様の覚えの悪さは今に始まったことじゃないですから……。

この部屋は元々空き教室でしたが、廊下の端にある部屋ということで人目につきにくく、エド殿下とカミラさんのキャッキャウフフな現場が何度も目撃されていたお部屋なのです。目撃者だって同じ事をしようと思ってこの部屋に来たカップルだったりするんですけど。断じて私とアシュフォード様のことではないです。ほんとです。

そのクレームを耳にしたアシュフォード様が学園と王宮にかけあって、この部屋を改装して鍵をつけ自分の仕事部屋にしてしまいました。狭くですが三部屋に仕切ってあり私たちのいる左隣のお部屋でブランドン様とジゼル様が試験勉強をしています。他では人目についてウワサになりますからね。右隣ではアシュフォード様がハウザー公爵から振られたお仕事中です。今回は何でしたかね、この前は通行料で揉《も》めている家との交渉でしたから。今回は領地のことだったでしょうか、専門家の意見を〜って口にされてましたから。

エレーナ様はこのお部屋を仕事部屋にするために尽力してくださったのもあり、エレーナ様の息抜き部屋にもなっています。今みたいにふらっとこのお部屋に来られます。

「あら、この仕事……エドエドのとこに行くやつじゃない？」

エレーナ様は私がまとめている書類を覗《のぞ》き込みます。さすがエレーナ様。お分かりなんですね。

「アシュフォード様のところに紛れ込んでいたみたいです」

「はぁ……そういうところだけ知恵が回るわね」

守秘義務とかいろいろまずいと思うのですが、エドエド殿下も一応公務は振られています。でも、急ぎでない、誰がやってもいい公務を振られているので私が見ても問題ないそうです。大丈夫なのかな、本当に。

そんなエドエド殿下に振られたはずの公務がなぜかアシュフォード様のところに来ることがあるので、その度に突っ返さないといけないのです。

「よし、なら最後の書類だけ上下逆にしてやりましょう。嫌がらせよ、嫌がらせ」

「え!?」

「全部やるとバレるからちょっとミスしただけなんです、くらいの量にしましょう。でもあのバカだってアッシーに自分の仕事を流してやってもらおうとしたなんて言えないだろうから……やっぱり全部上下逆にしましょうか」

　フフフと笑みを浮かべながらまとめられた書類をほどき、一番最後の署名が必要な書類だけ逆さにし始めるエレーナ様。

「こっちは最後から二枚目を逆さにしましょ」

　地味な嫌がらせですが、エレーナ様は実に楽しそうです。

「あら、エレーナ様。こんなところでお菓子を食べているお時間がおありに？　今頃あのバカ殿下と尻軽浮気相手はヨロシクやっているのではなくって？」

　おぅ、隣の部屋からジゼル様が鞭を持ったまま出てきました。余談ですが、鞭が似合いすぎです。ブランドン様は問題でも解いているのか机にかじりついています。にしても周囲に人がいないからって素を出しすぎではないでしょうか？

「あらあら、ジゼル様。あのバカ殿下は王宮に軟禁されて公務とお勉強をやらされていますわ。はぁいくら王命だといっても不出来な婚約者を持つと苦労しますわ。ああ、ジゼル様にはお分かりにならないお話でしたわね」

「うふふ。不出来な婚約者は私にはいないものですから」

「そうですわねぇ、婚約者という単語はジゼル様の辞書には載っていらっしゃらないようですものね」

「ふふ。いくら王命とはいえ、不出来な婚約者の尻ぬぐいは嫌ですもの。しかも浮気までついてくるなんてエレーナ様がとぉっても不憫《ふびん》ですわ。いっそ、婚約者がいない私の方がいいと思ってしまいますわ」

「あら、ではお譲りしますわ。私の他に王家に嫁げるような家格で婚約者がいないご令嬢ってジゼル様だけですもの！」

やばい、二人とも超笑顔なのに会話内容が皮肉と当て擦《こす》りばっかりで超怖いです。ちょっとアシュフォード様にお菓子を持っていきましょう。

二人の会話から逃げるようにアシュフォード様のいる部屋に行くと、相変わらず眉間にシワを寄せて書類を片付けまくっていました。

「私なら毒殺するわ」

「証拠の出ないような毒ってあるの？　無理じゃない？　私も悪戯《いたずら》と称して辛い調味料をお茶に入れて試したけどあのバカ、なかなか勘が良くてそういうときほど飲まないのよね」

「毒見役もいるから……やっぱり大ポカをやらかすのを待つしかないかしら」

「大ポカって何よ？　婚約者費用の横領未遂でも婚約は続行のままだし」

「王子が留年続きだったら？」

「うーん、一年留年はさせるかもしれないけど……それ以上は王家から圧力をかけて進級させそうじゃない？　王妃様は甘いのよね」

アシュフォード様の邪魔をしないように二人のところに戻ると、相当減ったお菓子を摘まみながら不敬オンパレードで具体的な話をしていました。なんだかさっきより仲良くなっているようで何より？です。


あれから毎日、ジゼル様によるブランドン様へのシゴキは行われております。

エレーナ様は時折フラッとやってきて、お菓子を摘まみながら二人の様子を見て微笑んでいます。エレーナ様がよく来るからお菓子の減りが早くて困っているのはここだけの話です。

「ふん。これでどうよ？」

勉強を教えているだけのはずなのに髪の毛を振り乱し、息を弾ませながらジゼル様が机に叩きつけたのは明らかに点数が上がってきたブランドン様の答案用紙。ただし、まだテスト前です。

これはアシュフォード様が作った予想問題なのです。

「ほぉ……。あの駄犬に言葉を教え込めるなんてなかなかやるじゃないか」

アシュフォード様は仕事をする手を止めて採点済みの答案にさらりと目を走らせ、魔王のようなセリフを放ちます。

「ただし語学が壊滅的だな……しかもほとんどがスペルのケアレスミスだ」

「チッ。あいつ、教えても教えてもスペルミスするのよ。間違えたら五十回書かせてるのよ！」

ジゼル様から令嬢らしからぬ舌打ちが発せられますがスルーしておきましょう。勉強内容はかなり激しめです。

　アシュフォード様が、隣に座って書類整理をしていた私の手をいつの間にか取って撫でていることも全力でスルーしたいです。それにしてもアシュフォード様、手が荒れてますね。絶対、書類のめくりすぎですよね？

「語学は平均ライン狙いでいくか。あとの科目で平均より上を取ればいいだろう。歴史はよくここまで伸ばしたな」

「ふふん。私にかかればこのくらい当たり前よ。というか、あいつこんなに語学ができなかったら出世できないんじゃないの？」

　以前は温度が下がるほど冷たい言葉のやり取りをしていたこの二人だが、今の会話は……魔王と四天王の一人の会話といったところでしょうか。あら、褒めたつもりだけど褒めてないですか？

「もうあいつの出世まで考える仲になったのか？」

「なわけないでしょ！　騎士＝脳筋だなんてもう古いのよ！」

　ジゼル様、さっきから令嬢仮面が完全にはがれていますが大丈夫なんでしょうか。世間体とか世間体とか。婚約者とか婚約者とか。

　勉強もできた方が出世は見込めます。万が一、怪我で騎士を引退しなければいけなくなっても文官や外交官の補佐になれるかもしれません。もちろん、ガーディアンクラブもありますけど。

「何を誤解している。そこまで仲良くなったのかと聞いているだけだ。勝手にいかがわしい想像をしたのはそっちだろう。あのビッチに感化されたんじゃないのか？」

「いかがわしい想像なんてしてません！　なんて破廉恥な！　あのビッチなんかと一緒にされるなんてダフ家の恥！」

　あら、なんだか部屋の温度が下がってきました。会話の雲行きも怪しいですね。

「ジゼル様、テストが終わったらぜひうちに泊まりに来てくださいませ。エリカも楽しみにしています」

　アシュフォード様の口元にクッキー（エレーナ様から死守した分）を差し出しながら、ジゼル様に提案します。この際、アシュフォード様が私の手から直接クッキーを食べたことはなかったことにしましょう。アシュフォード様の唇が私の指に触れたのも気のせい、絶対に気のせい。あれ、私、クッキーの相当端っこを持っていたはずなのに。いやもうスルーしましょう。

「おほほ。そんなに熱心に招待されて断るのはマナー違反ですわ！　では、お勉強の続きをしてまいります。ごきげんよう」

　ジゼル様は分かりやすく機嫌を良くすると、ツンデレ発言をしながら答案用紙と共に走って部屋に戻っていきます。あの方、ただのツンデレですね。良かった、機嫌を損ねちゃったらブランドン様の勉強を見ていただけなくなるかもしれないもの。

＊　＊　＊

「私にかかればこんなものよ！　おほほほほほ」

「煩《うるさ》い」

「神様！　ジゼル様！　ありがとうございます！」

「おほほほほ」

「もぐもぐ。あら、このクッキー香ばしくて美味しいわ。どこの？」

「ブランドンは名前くらいは書けたのか」

部屋に響き渡るジゼル様の高笑い。耳を塞ぐアシュフォード様。ジゼル様を崇《あが》めるブランドン様。そして、お菓子を一人で大量消費するエレーナ様。

運命のテストの答案返却がされた授業の後、この部屋はスーパーカオスな様相を呈しています。

机の上にはブランドン様の答案用紙。語学は平均スレスレですが、あとの科目は平均点よりも二十～二十五点上がっていました。そう、これを奇跡と呼ばずになんと呼ぶのでしょう。

ブランドン様の点数が急に上がったから、カンニングを疑った教師に呼び出されたり、それを知ったジゼル様が教師のところに乗り込んだりして、さっきまですったもんだしていたのですけど。

「おほほほほ、見た⁉　あの教師の顔と言ったら‼　おほほほ、うっ！　げほげほっ！」

高笑いのしすぎでジゼル様が咽《む》せました。

エレーナ様はクッキーを手放さないまま器用にジゼル様に水を差し出しています。

「げほっげほっ」

ブランドン様は慌てて立ち上がって背中を撫でようとしますが、ご令嬢に麻袋なしでみだりに触れるのはマズイと思い出したのかハッとし、あわあわしながら、「鎮まれ鎮まれ」とジゼル様から少し距離を取って手をかざす謎の行動に終始しています。

ジゼル様の一番近くに座っていた私はというと、水を取ろうとするもアシュフォード様に抱え込まれて、汚いと言わんばかりにハンカチでいろんなところを拭かれました。

いやいや、ジゼル様の心配をしましょうよ。唾は飛んでませんから。

一応、祝勝会みたいな感じでクッキーを用意したのに、エレーナ様がほとんど食べちゃってますし……悲しい。

「はぁ……ふぅ」

ジゼル様はようやく落ち着いたようで、せきこみすぎによる赤い顔で水を飲んでいます。

「まったく、騒々しい奴だな。ただ、ブランドンに付き合ってここまで結果を出せる奴も希少だ。なんなら王家に良い家庭教師がいるとでも紹介するか？　給金もいいし、一生独身でも大丈夫だ」

「げほっ……なんであなたに将来を決められないといけないのよ！　婚約者ならちゃんと見つけられるわよ！」

「それならもうとっくに見つけているはずだろう。どこにいるんだ？　幽霊の方がまだ信憑性があるぞ。女神エランディアのようだから、爵位狙いの成り上がり貴族からしか打診がないんだろうが」

　えぇと、エランディアとは他国の神話に出てくる女神様のことです。気が強くて支配欲もすごくて、夫が浮気しまくるのでいつも怒っていて最終的には嫉妬によって鞭で夫をなぶり殺してしまうんですよ。女神エランディアのようだとは、外見を示すのではなく、気が強くて男をも殺す女性という意味なので全然褒めていません。しかも、鞭ってジゼル様そのまんまですね。他国のマイナーな女神様のお名前なので通じているかは分かりませんが……。

「はぁぁ？　なんでそんなこと知ってるのよ？」

　お、通じてませんね。知っていたらジゼル様、これだけの反応ではすまないでしょうから。でも、女神に喩えられても嬉しそうにしないのはさすがですね。

　一応、祝勝会でおめでたいのに、アシュフォード様とジゼル様はヒートアップしていきます。いや、ヒートアップしているのはジゼル様だけですね。

「ん？　そういえばエレーナ様は最近よくこちらに来られますが、王宮に行かなくていいのですか？」

「あなた、よくこの状況でそんなこと聞けるわね」

　この状況とは、アシュフォード様に抱え込まれている私のことです。アシュフォード様とジゼル様は口論していて、エレーナ様はクッキーを優雅に食べ続けています。ブランドン様はオロオロしています。

「私の勉強はそのままなのに、エドエドだけさぼって遊びまくるなんて不公平でしょ？　これまでその不公平に黙ってたけど、口に出しただけよ。そうしたら久しぶりにお休みをもらえてゆっくり眠れて嬉しいわ」

「まぁ！　それは良かったです！　ではテストも終わりましたし街のカフェに行きますか？　そのクッキーを買ったお店はカフェもあるんですよ」

　エレーナ様の目がキラリンと光りました。

「いいわね！　早速、今日か明日にでも行きましょう！」

「おい、勝手に私のブロンシェとデートするんじゃない」

「束縛するなんて小さい男ね！」

「別に小さい男でいい」

「はぁぁ？」

「お前には婚約者がいないから分からないだろうな。ブロンシェとの時間が減るなら小さい男でいい」

「ねぇ、こいつって本当になんなの？　態度が違いすぎて気持ち悪いんだけど」

「婚約者もいない奴には一生分からないだろう」

　アシュフォード様とジゼル様が急に会話に割り込んできます。

　確かエドエド殿下の軟禁が解けて学園に戻ってくるのは来週からだったはずだけど、大丈夫なのかしら……。

＊　＊　＊

「ねぇ、本当に行かないの？　本当に？」

「はい」

「遠慮はいらないのよ？　私かエリカさんの連れとして行けば入れるんだし！」

う～ん、遠慮はしてないです……。ガーディアンクラブに行ってもいいのですが、私はそこまで興味はないですし……そんな私が行くのは熱狂的な他の方々に失礼な気がします。

それに私の今の体勢をすべて無視して会話を進めるのはジゼル様、なかなか大物ですよね。

ソファに座り私を膝に乗せたアシュフォード様が、犬を追い払うようなシッシッの動作をジゼル様に向けてさっきからずっとしているんですが。

「まぁまぁ。お昼はアッシーのおかげでスイーツを個室で堪能できたんだから。ここは譲ってあげましょうよ。来週からエドエドのせいでまた忙しくなるんだし」

やっと準備が終わったエレーナ様がゆったり部屋に入ってきました。髪をピンクに染めて化粧もばっちり。手には装飾が凝った仮面。「どうかしら？」とポーズを取って一回転しているので、ノリノリであるのが見て取れます。ガーディアンクラブでは、夜のショーを見るときは身分が分からないように仮面をつけるのがルールなんですって。

本日はテストが終わって学園の休日。お昼の女子会はジゼル様も入れて三人で行いました。もっぱらエレーナ様とジゼル様が喋ってましたが。アシュフォード様が個室を公爵家の権力で押さえてくれたんです。権力ってイイですよねぇ。

しかし、広いテーブルに所狭しと並べられたケーキや焼き菓子を思い出すだけで胸やけがしますね。

　そしてエレーナ様とジゼル様は本日、うちにお泊まりです。夜はクラブへＧＯ！で帰ってきたら徹夜でまた女子会ですね。まさかお泊まり会がこんなに早く実現するとは私もびっくりですが、約束でしたしね。

「じゃあ次回は絶対一緒に行くのよ！　絶対よ！」

　ジゼル様はそんなに私を筋肉の世界に引き込みたいのでしょうか……私にビシィと指を突き付けてアシュフォード様をキッと睨み、意気揚々とエリカとエレーナ様を連れてガーディアンクラブに出発されました。

「やっと邪魔な奴らがいなくなったな。あいつの今日の香水はきつくて鼻が曲がる」

　私の肩に顔をうずめながらアシュフォード様がため息をついています。くすぐったい。あと最近距離感がおかしくないですか。ちなみにあいつというのはジゼル様ですね。クラブに行くために気合が入っていたのか、いつもと違う香水でした。

「アシュフォード様もそろそろ帰りませんと。日が沈みますよ」

「あの喧《やかま》しい奴らに昼間はブロンシェを譲ったんだ。もう少しくらいいいだろう。それにあいつらだって夜が更けてから帰るんだ」

「ガーディアンクラブではお金を払えば帰りに護衛を付けてくれますよ」

「……カスタマーサービスが行き届いているんだな……」

アシュフォード様の手が私の髪を撫でています。

「今日はカフェの個室まで取っていただいてありがとうございます」

今日のお店はアッパークラスがターゲットで、個室の予約は数か月前からでないと取れないはずです。

「あんなかしましい二人が個室じゃないところで喋ったら店に迷惑だろう」

「まぁ大半はエドエド殿下の愚痴でしたから聞かれない方がいいですよね。そうそう、ジゼル様はブランドン様といい感じですよ」

「へぇ？」

アシュフォード様の声が気《け》怠《だる》そうなものから面白そうなものに変わりました。興味あるんですね。

「ジゼル様が勉強をさぼらせないためにテスト期間じゃなくても週二くらいで勉強を見ると言ってました」

正確には勉強を見る、ではなく「調教する」と言ってましたけどね。

「おっとりなブランドン様にはしっかりしたジゼル様がお似合いですね」

「ブロンシェの目に狂いはないな」

「アシュフォード様はお疲れのようですが、来週からまた忙しくなりますね？」

なんたって来週からはエドエド殿下が学園に戻ってくるのです。今は嵐の前の静けさといったところでしょうか。

「エレーナ嬢のおかげであのボンクラ殿下の分の仕事をしなくて良くなったから前よりはマシだな。あのビッチの成績は目も当てられないほど悪かったから、教師が山ほど課題を出す予定だ。前のように隙あらばイチャつくことはできないだろう。ボンクラが改心するかビッチの家を潰せば話は早いんだがな」

書類の一部を逆にする地味な嫌がらせが効いたのでしょうか。

アシュフォード様はさらっと物騒なことを言いながら私を膝から降ろしてソファに座らせると、ごろんと体を横たえます。私の膝にしっかり自分の頭を置いて。

それから他愛もない会話をポツポツ続けていると、アシュフォード様は疲れていたのかやがて眠ってしまいました。

眠っているアシュフォード様は付いてきていた執事によって回収されました。

テスト後の休日は「今まで何も問題がなかったのでは？」と思えるくらい平和でしたね。

ちなみにその後、ガーディアンクラブを堪能して帰ってきたジゼル様は夜通しクラブの素晴らしさを私に語りました。

エレーナ様は夜更かしが苦手らしく早々に眠っていましたが、眠る前に「先代の〇〇（自主規制）公爵夫人が最前列でハンカチをノリノリで振り回してて面白かった」とか「新婚の〇〇（自主規制）伯爵夫人が誰々のパンツに金貨をチップとしてねじ込んでいた」と寝ぼけなまこでブツブツ呟いていました。

エリカからショーの客席は観客同士距離が取ってあるし、暗い上にみんな変装して仮面をつけていると聞いていましたが……エレーナ様は敵に回したくないです。

＊＊＊

勝負のテスト明け。

なんとエドエド殿下の軟禁が明けるのは一週間遅くなることになっていました。エドエド殿下が体調を崩しているので、念のため一週間様子を見てお休みするんだそうです。

今日からまたあの日々が始まる！と気合を入れていたのに拍子抜けしてしまいました。

「公務と勉強のしすぎで知恵熱でも出したか。いや、知恵がついているならあんな女と一緒にいるわけがない。だが、一週間猶予ができたのはいいことだ。今のうちにダフ侯爵を落とそう」

アシュフォード様はスーパー不敬な発言をしています。

「え、どうやって落とすのですか？　というか、なぜ落とすのですか？」

「ジゼル嬢には婚約者がいないからな。ブランドンを推しておこう。侯爵が気に入れば勝手に話が進む」

「なるほど？」

よく分からないので語尾が疑問形になります。

疑問に思っている間に私の手の中のサンドイッチはアシュフォード様の口の中に消えました。

た、食べかけだったのに……。これって間接キスになるのでは……。

「ジゼル嬢が侯爵家を継ぐだろう？　それに侯爵家に縁があれば騎士団長は無理でもブランドンがそれに近い地位に就くのに有利になる」

騎士団では最後にやはり爵位がモノを言います。もちろん実力もないとダメですけど。

というかアシュフォード様、なぜまたねだるように口を開けておられるんですか。私はサンドイッチと一緒に持ってきたナッツをアシュフォード様の口に放り込んでおきます。

「でもダフ侯爵は……その……」

「頭が固い堅物強面ジジイだ」

ガリガリとナッツを食べる音が聞こえます。

「そこまで言わなくても」

私もそこまで言わなかったのに……思っただけですよ？

「事実だ。父もあいつの横槍《よこやり》で何度も会議で苦汁を嘗めさせられているんだ。私だってたまにネチネチ言われる」

「うわぁ……」

「あの嫌味ったらしい性格はジゼル嬢にそっくり受け継がれているな」

「ブランドン様がジゼル様の婚約者になるのはいいと思います……まだジゼル様には婚約者がいらっしゃいませんし」

「ダフ侯爵は以前騎士団にいた。怪我をしなかったら今でも騎士団にいたはずだ。その辺の軟弱な男よりもブランドンがいいだろう」

「でも、うまくいくでしょうか？」

「考えはある」

「ジゼル様に婚約者がいないことを気にかけていたんですか？」

「全くそんなことはない。いようといまいと興味はないが、先行投資だ。ブランドンは女神エランディアに殺される生贄の犬なのかそれとも違うのか」

薄々勘づいてはいましたが、ブランドン様って生贄だったんですね。


そして放課後。

今日はジゼル様がブランドン様をちょうきょ……じゃなくて、勉強を教える日です。アシュフォード様がお仕事をするお部屋にみんなで集まります。

「今週は茶会など何もないだろう。ダフ侯爵家に行くからブランドン、休日はあけておけ。ジゼル嬢はオトモダチが遊びに来る許可を親に取っておいてくれ」

アシュフォード様が言うと「オトモダチ」って非常に怪しい響きです。

「はぁ！　私がいつあなたとオトモダチになったの!?」

「いや、お前。その前にそもそも友達いないだろう」

アシュフォード様、お前呼びはちょっと……。それに事実を言ってはジゼル様が可哀想です。

そんな可哀想なものを見る目で見ては……。

「いるけど！」

「例えば？」

「………グリーマン伯爵令嬢とか」

「なぜそんなに間があくんだ？　グリーマン伯爵家といえば手広く商売をしている家だな」

「私、エマ・グリーマン伯爵令嬢とはお友達ですわ。彼女はよく友人たちを呼んでお茶会を開きますが、ジゼル様はあまりお見かけしませんわね。気のせいかしら」

　エレーナ様がここぞとばかりに援護します。

「じゃあグリーマン伯爵令嬢にとってお前は単なるお得意様だな」

「そうですわね。新商品のお披露目があるお茶会の時は招かれていらっしゃるようだもの。でもその他はねぇ……」

　エレーナ様……ストレス溜まってます？　なんかありました？

「友達がいなくて悪かったわね！　でもなんであなた方をオトモダチとして招かないといけないのよ」

「ブランドンに勉強を教えてもらえるのはありがたいが、あまり頻繁に一緒にいるとウワサになったら困るだろう。ご両親も心配するからな。だから、オトモダチとしてご両親に紹介しておくのが筋だな」

「なんか企んでない？」

　さすがジゼル様。察しがいいですねぇ。ブランドン様は「うん、予定あけとくよー。侯爵邸って広いのかなぁ」と呑気に二つ返事ですのに。

「私もご一緒したら、ジゼル様が我が家に泊まりにくる回数が増えても不審に思われません。オトモダチの家にお泊まりなのですから。クラブのショーに二か月に一度は行けるようになりますよ」

　私も負けじと援護射撃をします。

「う……」

　ジゼル様はやはり夜のショーが忘れられないようです。ゴクリと喉が鳴ったのを私はしかと見ましたよ。侯爵令嬢なのにチョロいです。

「そうね。変な形でウワサになって侯爵夫妻の耳に入るよりも先に話しといた方がいいわよ。印象も全然違うしね」

「あの殿下の二の舞になりたくないだろう」

　お、エレーナ様。さっきのようにジゼル様に対して怖いことはおっしゃらないのですね。もしかしてお菓子出さなかったから機嫌が悪かったんですかね……話をしてからと思ってうっかり出さなかったのですが、さっき出しておいてよかったです。

　もしかしたらエドエド殿下絡みでご機嫌が悪いのかもしれませんね。

「分かったわよ！　オトモダチとしてご招待すればいいんでしょう！」

「決まりだな。都合のいい日時が分かったら合わせるから教えてくれ」

　アシュフォード様は私の手の甲にキスを落とすと仕事をし始めます。なぜそこでスキンシップが必要なのでしょうか。

ジゼル様は「なんか負けたようでむかつく！」とハンカチを噛みながらブランドン様の調教、じゃなかった勉強のために別室に行ったのでした。

エドエド殿下が休みだからと油断はできません。

えーと、カミラさんだっけ、キャミラさんだっけ。最近目まぐるしいからあの方の名前を覚えていられなくなっちゃいました。

「香水臭い。鼻が腐る。あの女が来る。ブランドン、阻止してこい」

「アイアイサー」

犬並みの嗅覚で香水を嗅ぎ付けたアシュフォード様とブランドン様のこんなやり取りを何度か聞くことになりました。

＊＊＊

迎えた学園の休日、私たち一行はダフ侯爵邸にいました。

エレーナ様は王妃様に呼ばれているので不在です。ストレスの原因は王妃様の呼び出しだったんですね。

迎えてくれたのはツンツンしているジゼル様と、全くツンツンしていないジゼル様のお母様である侯爵夫人でした。

「この子がお友達を連れてくるなんて珍しいわ。すでにお友達のところでお泊まりもしているなんて！」

「お母様、余計なことは言わないで」

「あなたがお友達を招いたから嬉しいだけよ」

ジゼル様はお母様にそっくりです。でも侯爵夫人はツンデレではないように見受けられます。

「ハウザー公爵令息はお久しぶりね。あなたの活躍はうちにも届いているわ」

「もったいないお言葉でございます」

アシュフォード様が言ってました。ダフ侯爵家の本当の権力者はこちらのダフ侯爵夫人なのです。ダフ侯爵もなかなか落としにくいんだけど、侯爵夫人の言う事はよく聞き入れるんだとか。

ですから、本日はアシュフォード様の毒舌も鳴りを潜めています。そもそもこのやり取りでは毒舌の出番はないかもしれません。平和の香りがします。

「そして婚約者のシャイス伯爵令嬢ね。ジゼルは気が強いでしょう？　仲良くするのは大変じゃなくて？」

首まで覆う深いグリーンのドレスを着た上品な侯爵夫人は綺麗な笑みをたたえて私に促します。

「そんなことはありません。テスト勉強ではとても丁寧に根気よく教えてくださいます。私の成績も上がりました」

ジゼル様が根気よく丁寧に教えるというのは事実です。私は教えてもらってないけどブランドン様との様子を見ていたら分かります。ちなみに私の成績が上がったのも本当。ブランドン様とジゼル様の二人が勉強しているやり取りを隣の部屋で聞いていると、ためになるんです。聞いているというか、嫌でも聞こえてしまうのですが。

　あら、私、うまいこと真実に嘘を織り交ぜたと思ってたけど、事実しか話していないですね。

「ふふ。そうなのね。そしてそちらは、ミュラー伯爵令息ね。ジゼルからはあなたにも勉強を教えていると聞いたわ」

　やっと本命のブランドン様が話を振られました。アシュフォード様は「ブランドンは素で行こう。変にプレッシャーをかけると明後日の方向に解釈をする。それに嘘をつくにはある程度地頭が良くないといけない。最悪、あいつは天気の話だけでもいい」と言っていたので特にブランドン様とは詳しい打ち合わせはしていません。

「はい！　いつもお嬢様には大変お世話になっております！　おかげ様で赤点を取らずに済みました！」

　ブランドン様は大変ハキハキしています。赤点云々は要らなかったのではないかと思いますが、調べたらすぐに分かることなので問題ないでしょう。

　どうやら赤点などと包み隠さず話し、「成績が上がったのはすべてジゼル様のおかげ」と言ったあたりから侯爵夫人のブランドン様に対する印象がグッとアップしたように感じます。

　二人で騎士団のことやミュラー伯爵のことについて楽しそうに話していて私たち三人は若干蚊帳の外状態です。もちろん、合間合間でにこやかに頷いてはいますよ。

にしても侯爵夫人、えらく騎士団について根掘り葉掘り聞きますね。

「まぁ。あの団長に稽古をつけてもらっているのね。あの方は剣術大会でもトップに食い込む方だからお強いわね」

「はい、そうなんです。ゴメス団長のことはとても尊敬しています」

「あなたのお父様も騎士団に所属していらっしゃるわね。副団長だったかしら」

「はい！　そうなんです！　父をご存じなんですね！」

副団長クラスまで覚えているとなるとすごい。騎士団ファンや騎士団関係者なら知っているでしょうが……。騎士団は近衛だとか警備だとか種類が多く、一般的に知られているのは団長クラスです。

副団長であるお父様がしっかり認知されていて、ブランドン様が嬉しそうなのも仕方がないでしょう。それにしても、侯爵夫人となると騎士団についてもよくご存じなのですね。私はさっぱらぱーです。

こんな感じで侯爵夫人と和やかに話が進む中。

「ところで、ガーディアンクラブはどうだったの?」

侯爵夫人の口からそんな言葉が飛び出します。ジゼル様はタイミング悪く紅茶を飲んでいたので咽せました。それは盛大に。

アシュフォード様はこういう揺さぶりには慣れています。紅茶を飲んでいましたが咽せたり、動揺したりなどしません。私もアシュフォード様で鍛えられているので少々のことでは驚かない強心臓になってしまいました。もう素直で純粋だった昔には戻れませんね。

　ブランドン様はガーディアンクラブのことを知らないので、素で訳が分からないというキョトン顔です。

「ガーディアンクラブと言いますと、怪我で現役引退を余儀なくされた騎士や冒険者の方々が働いているクラブでございますね。そのクラブが何かありましたでしょうか？」

　咽せて水を飲むジゼル様を心配しつつ、私は侯爵夫人に聞きます。

「そのクラブに先日行ったのでしょう？　感想をお聞きしているのよ」

「いえ……侍女から聞いてクラブの名前は知っておりましたが行ったことはございません。そのため感想と言われても困ってしまいます」

　下手なことは言えません。鎌をかけられているだけかもしれません。

　ガーディアンクラブの客層は貴族がメインです。守秘義務はバッチリのはずなんです。

　私は困った顔を作って侯爵夫人を見つめ、侯爵夫人は綺麗な笑顔のまま私を見つめ返してきます。

　すみません、怖いです。綺麗な人の作り笑顔って怖いんです。今すぐお家に帰りたいです。

　ブランドン様は「ガーディアンクラブ？　ガーディアン？　カーディガン？」とブツブツ言っているし（カーディガンクラブとか笑いそうだからやめてほしい）、アシュフォード様の顔は見えませんが困り顔か怪訝な表情を作って侯爵夫人を見つめてくれているはずです。

ジゼル様は水を飲んでもまだ咽せていて顔が赤く、ゲホゴホという音だけが部屋にしばらく響いていました。

ジゼル様がやっと咽せなくなると、侯爵夫人は大きなため息をつきます。

「あのね、ジゼル。せっかくお友達が全力で庇ってくれているのにあなたがそれじゃあダメでしょう」

「たまたま変なところに紅茶が入っただけです」

ジゼル様は気丈に振る舞っていますが、咽せすぎて若干涙目です。

「以前も咽せておられましたが……大丈夫ですか？」

私もそんなジゼル様を頑張ってフォローします。

「嚥下《えんげ》に問題があるんじゃないか？」

アシュフォード様、その言い方はちょっと……今日は平和だと思っていましたのに。年寄りだって言ってるみたいに聞こえますよ……。案の定、ジゼル様はアシュフォード様をいつも通り睨んでいます。

「すでに調べはついているのよ」

侯爵夫人は嚥下云々を完全にスルーしてきました。

これはまずいです。鎌かけにしてもヤバいです。明らかに何らかの証拠を握られている気がします。おかしい……どこから漏れたのでしょうか……。

うちのお母様とお父様ではない。あの二人は知らないはずです。

エリカも違います。エリカの口は堅いのです。ガーディアンクラブで財布の紐《ひも》が緩いだけで。

あ、私、今うまいこと心の中で言いましたね。

「カーディガンクラブ？　すっごいカーディガンが飾ってある？」

緊迫した空気を破ったのはブランドン様の独り言でした。すっごいカーディガンってどういうこと？　私の頭の中にはなぜか勲章がたくさん付けられているカーディガンが浮かんでいました。

「ふふふ」

さっきまでの緊迫した空気が一気に弛緩しました。侯爵夫人が声を上げて笑っているのです。

「まさかこんなに庇ってくれるなんて。ジゼルは良い友達を持ったわね」

すみません、侯爵夫人。

感動に水を差すようですが、若干一名は全くジゼル様を庇っていません。素です。ブランドン様は素でこんなです。

「お母様、カーディガンクラブって言っただけで良い友達っていうのはどういうことなの」

「はぁ。それよりもジゼル。あなたバレたくないなら机の上にストラップを出していてはダメでしょ。詰めが甘いわよ」

「ストラップって何のことなの？　私がペンケースに付けているものかしら」

「今更誤魔化してもダメよ。あなた、嘘をつくときに右肩に力が入るのよ」

ジゼル様と侯爵夫人のやり取りを聞きながらブランドン様は首をかしげています。女性がやるとあざといはずのその動作は彼がやると可愛い、天然ってずるいですよね。

私も全力で困惑顔を作ってアシュフォード様に視線を向けます。アシュフォード様はそっと頷くと私の手を握ってきました。いや、そうじゃなくて……どうするんですか、この状況。

「でも良かったわ。あなたファザコンなのね。アニス推しでしょう」

「なぁっ！」

ジゼル様はその名前を出されてとうとう隠せなくなってしまいました。

アニスというのはジゼル様のカーディガンじゃなかった、ガーディアンクラブでの推しのお名前です。私はアニスさんにお会いしたことはないですが、ジゼル様が熱く語るのでもう三回くらい会った気分になっています。

ここまでバレているなら尾行か監視されていたのでしょうか……それとも……。

「侯爵夫人はガーディアンクラブ設立時の出資者だからな」

アシュフォード様がこともなげに口にしますがその情報、初耳です。拗《す》ねてはいません。ほんとです。私だと顔に出るからアシュフォード様は事前に言わなかったんだと思います。

「えぇ、よく知っていたわね。だから支配人からジゼルの様子は聞いているわよ」

「な……あんた……知っててわざと!?」

ジゼル様が裏切り者とでも言いたげな目で私たちを睨みます。出資者だなんて知らなかった私は必死で首を横に振ります。あ、もしかしてジゼル様に恨まれそうだからアシュフォード様は伝えなかったんですかね。

「わざと黙っていたとか、わざと庇っていたなんてことはない。夫人がガーディアンクラブの出資者だと知ったのはつい最近調べて分かったんだ。ちょっと調べたら分かることだ。ただ、それと支配人から夫人に話が筒抜けなのは別問題だ」

「ちょっと調べれば分かるというのは嘘ね。かなり調べないと分からないはずよ。ジゼル、あなたの演技が下手なのが一番の問題でしょう。コソコソ怪しい真似をしているから私が探る羽目になったのよ。下手にコソコソするくらいならきちんとバレないようにクラブに通いなさいな。ちなみに、シャイス伯爵家に泊まるよりも前からクラブに通っていたことは知っています」

　さすが侯爵夫人。ジゼル様のクラブ通いを知りつつ、泳がせていたわけですか。

　ただ問題なのはなぜ夫人がこの場でジゼル様のクラブ通いを知っていることを暴露したのか、ですね。

「侯爵夫人。もう十分なはずです。私たちを試したかったのでしょう？」

　アシュフォード様は一人落ち着き払っています。

　なんなのでしょうか、この「私何でも分かっています」みたいな名探偵オーラは。頭良い人羨ましいです。

「あら、さすがね」

　侯爵夫人もあなたは分かっていて当たり前よねというように、穏やかに笑います。

「さすがに過保護だと思いますよ。いくらジゼル嬢が侯爵家の跡取り娘で変な輩《やから》に近づいてきてほしくないといっても。ジゼル嬢はもうご自分で判断できるはずです」

「そうねぇ。欲を言えばあなたのように頭のキレる人に婿入りしてほしいわ。だって、ジゼルって気は強いのに机の上にストラップ出しっぱなしにしたり、鎌かけで咽せたりするほど大事なところでちょっと抜けてるのよ」

　ジゼル様、机の上にストラップ出しっぱなしはいけませんよ。クラブのことを隠す気ないじゃないですか。というかアシュフォード様、侯爵夫人とほとんど対等に喋ってますね、さすがです。

「あなたとジゼルは合いそうにはないものね。ケンカばかりになりそうで。それに素敵な婚約者のご令嬢もいらっしゃるし、ないものねだりはやめましょう。ねぇ、あなたはジゼルについてどう思う？」

　侯爵夫人は唐突にブランドン様に話を振ります。

　え、私、今さらっと褒められた？　いや、社交辞令？　というかここでブランドン様に振っちゃいますか？

「で、どうだったの？　ダフ侯爵家は」

　目の前には巨大パフェとエレーナ様。ここは巨大パフェが売りのカフェの個室です。

「私は王妃様に呼ばれて行けなかったけど。さぞ楽しかったわよね？」

　おおぅ、見えない圧力を強く感じます。

　今朝、シャイス伯爵邸に急に来訪したエレーナ様にカフェまで有無を言わさず拉致されました。拉《ら》致《ち》紛《まが》いは初めてのことでしたが、昨日のダフ侯爵邸での出来事がよほど知りたいみたいです。

「結論から言うと、ジゼル様の婚約者はブランドン様になりました」

「はしょりすぎでしょ！」

「え？　一番重要なことじゃないですか？　あ、ブランドン様のお家では昨日のうちに玉の輿踊りが開発されたらしいんですけど、私はまだ見てないので踊れません」

伯爵家の次男が侯爵家に婿入り。紛うことなき玉の輿。家族で玉の輿踊りを踊ったそうです。玉の輿踊りは気になりますよね。エレーナ様ももし王家に嫁いだら玉の輿になるから、踊ったらいいですよ。あ、私もアシュフォード様と婚約しているから踊らないといけません。

「いや、そんなことは聞いてないから！　どこをどうやったら婚約者になったのよ！　あのジゼルが素直になるわけはないんだから、そこんとこ詳しく！」

「ええっとですねぇ」

「可愛いと思います！」

ダフ侯爵夫人にジゼル様をどう思うかと問われたブランドン様は素で答えます。

私はそもそもここで何と答えるのが正解なのかよく分からないでいました。侯爵家の跡取りとしては正直な方ですね、なんて言えません。そう考えると、ブランドン様の返事ってある意味正解でしょうか？

そんなことを考えていると、侯爵夫人はなんだかイイ笑みを浮かべて「旦那様を呼んでくるわ」と部屋から出ていってしまったのです。

「第一関門にして最大の難関をクリアしたな」

アシュフォード様でも緊張したのか、詰めていたらしい息を吐いています。ジゼル様は可愛いと言われて顔が真っ赤です。これは脈が大いにアリでしょうか。いつものツンは珍しく不在でした。

「こんな感じでした！」

「確かにダフ侯爵夫人に気に入られたなら婚約者内定もあり得るわね……。いや、全然分からないから！　なんで侯爵呼びに行ってくるっていうのが婚約者内定になるのよ！」

「いや、結論から言うと省略しすぎだと言われたので。今回は焦《あせ》らしてみました」

「焦らしすぎよ！」

エレーナ様はツッコミを入れながらパフェを結構な勢いで食べていて、見ているこちらが胸やけしそうです。

「ダフ侯爵はどうだったのよ。あの人、すごく怖いじゃない」

確かにダフ侯爵はめちゃくちゃ怖かったです。

緊張が解けたのはほんの少しだけ。

入口からただならぬ気配がして顔を上げると、そこには逞《たくま》しい眼帯姿の男性が立っていました。

あれ？　ジゼル様の推しもエリカの推しも眼帯でしたよね？　二人の推しはそれぞれ違うけれど怪我で眼帯姿なのは共通。それに侯爵は怪我をするまで騎士団にいらっしゃったというお話です。もしかしてファザコンってそういうことですか？

夫人をエスコートして入ってきたダフ侯爵を見て何となく、そう思い出しました。にしても不機嫌なのか元々厳しめに見えるお顔立ちなのか、ガタイも良くていらっしゃるので裏社会のボスと言われた方が納得します。

「ハウザーの倅《せがれ》とその婚約者か。ハウザーの倅は相変わらず頭でっかちでひ弱そうなことだ。頭に全部栄養がいってるのではないか。そしてこのちっこいのがゴメスのお気に入りか？」

うん。声も怖いし、明らかに歓迎してないムードも怖いです。夫人との落差があまりにも。ていうか、このネチネチ具合。ジゼル様じゃないですか！　血は争えません。

「お会いできて光栄です！　ブランドン・ミュラーです！」

ブランドン様は怯《おび》えることなく、ハキハキ元気に挨拶しています。ほんとにすごいですね、ブランドン様。

「ゴメスは私が現役の時の後輩だ。なんでこんなちっこいのを気に入っているのか……。おい、ちっこいの。稽古だ。庭へ出ろ」

おおう……これがウワサの「表出ろや」ってやつですか……。

「お父様！」

「まぁまぁジゼル。お父様は男同士の大事なお話し合いがあるのよ。口を出してはいけないわ」

「ゴメス団長の先輩なんですね！　うわぁ、楽しみ‼」

ブランドン様は嬉々として侯爵にひっついて出ていきました。素ですね。ネコ被るとかトラの皮被るなんて喩えもいらないほど、悲しいほど彼だけは普段通りでした。

「稽古して気に入られたみたいですね」

　だって稽古中、侯爵は「ほぉ」とか「これは面白い」とか「なるほど、だからゴメスが……」なんて小説の魔王みたいなセリフをずっと喋っていたんです。最終的には「お前は騎士団長を目指せる！」って熱くなっていました。

　ジゼル様とダフ侯爵夫人は目を輝かせて稽古を見学していました。絶対チラ見できる筋肉目当てですよ。ジゼル様はブランドン様の腹筋あたりを稽古が終わってからもチラチラ見ていました。

「まぁ……うん。なんかそのあたりは聞かなくても納得だわ。木剣と木剣を交えて通じ合ったのよね。ダフ侯爵は怪我する前までは騎士団長を目指していたそうだもの。最近は公爵家と侯爵家からしか騎士団長が出ていないし。でもブランドンが頭良くないのはさすがに感づかれたでしょう？　大丈夫なの？」

「まだ若くて時間も体力もあるから調教すれば大丈夫だろうという話になってました」

「あの一家は調教が好きなの？」

「ブランドン様が素直なのがいいと。変にずる賢い人と婚約して、その人や親類に侯爵家を引っ掻き回されるよりいいそうです」

「なるほど。それはそうね。そっかー、ジゼルもとうとう婚約かぁ。エドエドの押し付け先が一つ消えちゃったわね」

「消えるも何も……あの侯爵ならエドエド殿下との婚約も婿入りもさせないでしょう。怪我で騎士団を退団したにもかかわらず稽古は欠かしておられなかったようです」

「はぁ……早くエドエドはキャミラちゃんと一線超えてくれないかしら。そうしたらすぐ押し付けるのに」

　エレーナ様の口にパフェの最後の一口が消える、のと同時にメニューを見ているのがすごいんですが、放たれたセリフもすごいです。

「むしろ、そうなったらエレーナ様を王妃で、あちらを側室か愛妾《あいしょう》にしそうですね。エレーナ様はお仕事だけさせられそうです」

「げっ。どうしよう。もうこうなったら修道院行くしかないかしら。昨日王妃様から見捨てないでくれなんて泣かれたけど。嫌がっているのに婚約を押し付けといてほんとうざいわ」

　断れない婚約を押し付けておいて次は「捨てないでくれ」と被害者面はさすがに……。言葉は悪いですが、うざいですね。

「それは腹が立ちますね。でも修道院に行ったらパフェが食べられませんよ」

「そうなの！　そこが問題なのよ！　ねぇ、カフェを併設した修道院なんてどうかしら！」

　それはもはや修道院ではないのでは……。辺境の修道院に行ったエレーナ様が辺境を第二の王都にする未来しか見えないのはなぜでしょう。物語の方向性が間違ってません？

「エレーナ様は以前、エドエド殿下たちは放置の方向とおっしゃっておられましたが最近は積極的に動いていらっしゃいますね」

「そういうわけじゃないわ。お父様は相変わらず婚約解消してくださらないもの。エドエドだけ何もしないで他の女のお尻を追っかけてるのに、私だけ縛られるのはずるいって柔らかく主張しただけよ。教育なんて進んだ分だけ逃げられなくなるんだから何としてでもさぼらないとね。一番重要な部分は結婚してからだから問題はないんだけど」

「王妃様たちは動いていらっしゃる感じですか？」

「あの親は甘いから、注意しつつもグダグダ有耶無耶《うやむや》になってるだけよ。でも、私には都合がいいわね。だって障害があるほど気持ちが燃えるでしょ？」

「エドエド殿下たちの恋のお話ですか」

「エドエドたちのことを恋と呼ばないわよ。誰かに邪魔されないと燃えない恋なんて恋ではないわ。あれはキャミラちゃんが強欲で、エドエドが責任から逃げたい弱虫なだけでしょ」

うん、名言が飛び出した気がします。言った本人は大きな口で新しく注文したケーキを頬張っているけれどもカッコいいです。それにしてもケーキ来るの早いですね。

「私は解放されたいから、恋だろうと強欲だろうとどっちでもいいんだけど」

「もういっそ第一王子が国王にふさわしくないということで第二王子あたりを立太子させて、エドエド殿下はエレーナ様のお家のハベル公爵家に婿入りってことにしたらどうですか？」

エレーナ様は一人っ子。エドエド殿下が立太子されていないし、後継ぎの養子もまだいません。それにハベル公爵もまだまだご健在です。養子に関しては親戚で揉めてるんでしたっけ？

「嫌よ。我が家が没落するもの」

エレーナ様は没落を即答。

「婿入り後に病死すれば問題ないのではないでしょうか？」

「……なるほど？　公爵家なら私のテリトリーだから王城よりも手が出しやすいわね。うちに招いて婿入り前から何か盛っておくのもいいわね」

「エレーナ様にお好きな方がいらっしゃるなら結婚前にやってしまうのが一番良いですが……別に好きな人もいないということでしたら結婚後にやっちゃうのもアリではないでしょうか。周囲もしばらくは同情して再婚を勧めたりしないでしょうし。釣書《つりしょ》はたくさん届くでしょうけれど」

「現実的で良い案よね。王族としか見ていなかったから、臣籍降下っていうアイディアはなかったわ。それにしても、あなたってたまにアッシーに見える時があるわ。今だって私に王家からの護衛がついていないのを確認して話をしたものね」

「ここはハベル公爵の親戚の方が経営されているカフェの一つではないですか。安心できる場所かつエレーナ様がエドエド殿下のお話を始めない限りこのようなお話はしませんよ。さすがに国家転覆罪や反逆罪なんかの罪に問われても困ります」

「今の王家の力ではこのくらいじゃ罪には問えないわよ」

「それを聞いて安心しました。あとはテンプレですがパーティーで婚約破棄させるとか、いっそエレーナ様が婚約破棄するとか、他国の王子からエレーナ様が求婚されれば友好関係のためだとなって婚約解消に向かうかもしれませんね。これじゃあジゼル様が調べ上げた資料みたいですが」

「そうなのよねぇ。現在進行形で困らされてるのにどうして後々のことまで考えないといけないのかしら。でもそろそろ時間切れね」

「え?」

「アッシーのお迎えよ。あなたに」

カフェの個室の窓からハウザー公爵家の家紋つきの馬車が見えました。

「えっとでも、約束はしていないですよ?　ここに来ることも言っていないですし」

「あの男はあなたに毎日会いたいに決まってるでしょ。私が伝えておいたのよ。前に飲食代を払ってもらったし、今日は無理矢理付き合ってもらったからここのお代は任せておいて。じゃあまた学園でね」

なぜか吹っ切れたような顔でエレーナ様はぴらぴらと手を振っています。

その後、個室にやってきたアシュフォード様に強く腰を抱かれて、さっさと帰らされたのは言うまでもありません。

「アレの頭には綿でも詰まっているのか?」

「ええっと、綿だったら取り出したら有効活用できますね!」

「有効活用できるものなど詰まっているわけがない。やはり、蛆《うじ》でも湧いているのか」

「ええっと……蛆もさすがに殿下の頭には湧かないのではないですかね……」

「前から何となく思っていたけど、あなた結構えげつない発言してるわよ。蛆も湧かないほど酷い場所ってことでしょ?」

「蛆だって場所を選びますよ、きっと」

「うん、やっぱりあなたってえげつないわ。婚約者に似たのかしら」

「それは最上級の誉め言葉と受け取っておこう」

私とアシュフォード様、ジゼル様の眼下には二人で手を握り合って語らうエドエド殿下とカミラさんがいます。

エドエド殿下が学園に復帰した初日の放課後までは特に問題はありませんでした。周囲は何となく「また問題起こされるかも」とピリピリしていましたが、お昼休みを過ぎたあたりからそのピリピリ感も緩んでいたのです。

「それにしても現場がよく見えるな。今すぐ目が悪くなりそうだ」

「校舎裏がこの部屋からは丸見えですね。でも校舎裏って人気の告白スポットなので、殿下が居座るとみなさん困りますね」

「授業中は大人しくしてると思ったのに大間違いだったわね。人目を忍ぶようになっただけ質《たち》が悪いわ」

私たち三人が窓辺にいる一方で、エレーナ様はゆったり優雅に座って窓の外に一瞥《いちべつ》もくれず、お菓子を大量消費しています。どうしてあれだけ食べて太らないのでしょうか。なんという効率の良いワガママボディ。

そう、エドエド殿下はすべての授業が終わるまでは大人しくしていたのです。放課後になった途端にイチャコラ。イチャコラといっても健全な部類ではありますが、それは婚約者がいない場合に限ります。

「おっまたせー！」

エドエド殿下の変わっていない、むしろ悪化しているような状態に皆でウンザリしているとブランドン様が部屋に元気よく入ってきました。

「見て見て。小テスト、初の九十点！　すごくない⁉」

「あら、良かったわね。二問のスペルミスはちょっともったいないけど、すごいわ。頑張ったのね」

ブランドン様が無邪気に見せてきた小テストに、エレーナ様はほんわか笑って褒めてあげています。ペットの犬を褒めるがごとく。おかげでさっきの鬱々とした気持ちが離散しました。

「ほら、見て見て！」

「うわぁ、ブランドン様！　すごいですね！」

「ブランドンもとうとうバカの地位を返上するのか。バカは努力しないと直らないからな」

アシュフォード様は窓の外にチラと視線をやり、ブランドン様を珍しく褒めました。褒めてますよね？

「ほら、ジゼルも見て見て！」

ブランドン様の後ろに勢いよく振られる犬の尻尾が見えるのは私だけではないはずです。しかもさりげなく、ジゼルと呼び捨てで呼んでいる、婚約したばっかりなのにやりますね。エレーナ

様も義務の貼り付けたような笑顔ではなく、穏やかな笑みを浮かべてブランドン様を見ていますし。

「そ、そ、そ……それは良かったわね！　わ、わ、私の教え方がうまいから当然よ！」

　ブランドン様がニコニコしながらジゼル様に小テストを突き出して近づくと、ジゼル様は突然挙動不審になりました。

「あ！　と、と……図書室に忘れ物をしましたわ！」

　顔を真っ赤にして走り去ってしまうジゼル様。

「えへへ」

　ブランドン様はジゼル様のそんな態度を気にしていないのか、褒められて照れています。可愛い。

「婚約者になったら意識しすぎてブランドンとうまく喋れないんだろう。あいつもまだまだ青いな」

「なるほど！　ジゼル様って乙女ですね。顔真っ赤でしたもんね」

「なんだか恋の季節が来てるわね。ちっ、羨ましい」

　エレーナ様の言動で一部不穏な空気はあるものの、部屋はピンク色の空気に染まっていました。

「不貞腐《ふてくさ》れてないで。雰囲気だけの公爵令嬢。アレの対策は考えてあるのか？　文句を言って喚いているだけならあの尻軽女と一緒だろう。あの女の方がまだ自分の欲しいものを手にしようとする貪欲さはあるな。アレの再教育の成果はなさそうだし、これからどうするんだ？」

アシュフォード様は窓から離れてイスに座りながらエレーナ様を煽《あお》りに煽ります。ふ、雰囲気だけの公爵令嬢って……。机の上の書類には相変わらずエドエド殿下の仕事が紛れていたようで、それらを汚いものでも触るように摘まんで隅に避けています。

「くっ。私だっていろいろ考えてるわよ！　無味無臭の毒を探させるとか」

まさかの突然の暗殺案件。すぐに殺害を考えるほど嫌いだったんですか。

「それは証拠が出なくていいな。アレが国王になったらクーデターでも起こそうかと考えていたところだ。それで、殺そうと何だろうと次の婚約者は見つかりそうか？　ブランドンも売れてしまったしな。このままでは売れ残るぞ。ふ、閉店セールの売れ残りだな。腐ったリンゴか？」

お次はクーデター案件。普通にそれ喋ったらヤバいのではないでしょうか。アシュフォード様なら実現可能な気がするのも怖いです。

「一応他国の王族や貴族で考えているわよ。面識のある方々とは文通もしているもの」

おお、エレーナ様さすがです。公爵令嬢っぽいです。嫌味じゃありません。

「うちの国の利益になりそうなら、婿はこのあたりが候補だな」

アシュフォード様は、今度は引き出しからドサドサ資料を取り出します。

「アッシュ、これ何？」

ブランドン様は興味が湧いたのか資料に近寄ってきます。ここにもジゼル様の調教の成果が現れているんです。以前までのブランドン様なら書類を見ようものなら眠そうにしていたのに、思わぬところで見えた成果にうっかり涙ぐみそうになってしまいます。

「他国の貴族の姿絵と簡易な調査資料だ。一枚千エールで売ってやる」

「お金取るの⁉」

「当たり前だ。自分で調べる気もないなら金を払え。タダより高いものはない」

「へぇー、でもこいつ、なんか胡散臭《うさんくさ》いよ」

「よく分かったな、ブランドン。こいつは極度の馬好きでな。人間に興味はないが馬には興味があるというやつだ。金儲《かねもう》けの才覚があり、牧場を経営していて特に軍馬で有名だ」

「へぇー、スゴイね。じゃあいい馬いっぱい持ってるってことかぁ。こっちもなんか臭いね」

「こっちは変態趣味の公爵令息だ。裸エプロンを好んでいるらしく、自分専用の使用人に強要しているらしい。ただ、意外にも女性問題はない。単純に見て楽しんでいるだけだ。その趣味以外は頭の回転も速く仕事もできる」

「そっかぁ。なんかストレスでもあるのかな？　あ、この子は大丈夫そう」

　衝撃的な内容ですが、しれっと「ストレス」でかわすブランドン様ってある意味すごいのかもしれません。

「なかなか鼻が利くな。そいつは候補の中でもイチオシの近隣の国の第三王子だ。まだ八歳だけどな。ぬいぐるみが手放せない。ついでにちょっとマザコンの気がある」

「あはは、大丈夫。人間はみんなマザコンだよ～」

「ちょっと！　どこが大丈夫なのよ！　マトモな男性がいないじゃないのよ！　買わないわよ！」

「大丈夫だ。アレと比べれば……まぁ多少のことには目を瞑れ。女性問題がないのを集めてみた」

「他の問題が山積みじゃないの！」

「仕方ないだろう。どこに完璧な男がいるっていうんだ。そんなに完璧な男がいいならこの八歳児の王子でもこれから育てろ。私とブロンシェで他国に行ってもいいんだ。この国の優良物件には婚約者がいて、残っている者は公爵令嬢と縁づくには問題がある。それに今、王子と婚約解消や破棄などしたら国内は混乱に陥るだろ。公爵家と縁づこうとする輩どもによって婚約解消や離婚が起きてもいいのか？　ブロンシェが気にしていないなら、お前の次の婚約者など知るか。黙ってアレと結婚しろ。あとは知らん。嫌ならちゃんと行動しろ。だから雰囲気だけが公爵令嬢なんだ。学園でやりようはいくらでもあっただろ」

う〜ん、アシュフォード様の正論も分かるんですけどね。なかなかね、難しいんですよ。それに女性って一度は必ず絵本の白馬の王子様に憧れちゃうものだと思うのです。誰か助けに来てくれないかなって思っちゃうんですよ。楽なのが一番いいですからね。はぁ、この白馬の王子様問題ですよ。

ブランドン様による「婿として誰が一番マシか当てっこゲーム」が始まったので、私はジゼル様を探しに行きました。

さすがにね、ブランドン様が「ん？」と思った人物たちがことごとくきな臭い人たちだったのには引いてしまいました。人形が大好きで家では必ずパートナーのように人形と行動を共にする侯爵令息とか、ＳＭプレイが趣味でハイヒールで踏まれるのが好きなどこぞの王子とか。

私が聞くにはハードルの高いお話でした。

ジゼル様は、いつも私たちが勉強やお喋りをしている部屋からそう遠くない場所で蹲《うずくま》っていました。分かっています、恋による体調不良ですね。え、私は経験ないですよ？　だって、体調悪そうに見えようものならアシュフォード様がすぐ看病しだしますから。

「はい、確保～」

ジゼル様の背中に抱き着きます。

「ちょっと！　私は犯罪者じゃないわよ！」

「一回言ってみたくないですか？　騎士みたいに『確保！』って。それに忘れ物はどうされたんですか？」

「わ、忘れ物は気のせいだったみたいよ」

ジゼル様は高位貴族の割に取り繕《つくろ》うのがへたくそなお方であります。

「今日のジゼル様は様子がおかしいですが、ブランドン様と何かありましたか？」

ジゼル様の様子がおかしいのに付け込んで、確保した後に空き教室に誘導します。これ私じゃなくて他の令息だったら大問題なのだけれど、ジゼル様の危機管理は大丈夫ですよね？

ジゼル様はしばらく一人で唸《うな》ったり、百面相したりしていましたが、私がハンドマッサージを始めるとポツポツ話し始めました。さ、吐いていただきましょう。

　ハンドマッサージってアシュフォード様にしかしたことなかったけど、女性にも有効かもしれません。

「ブランドンが朝私を迎えに来たのよ」

「おお、お迎えですかぁ」

　変に茶々を入れると喋ってくれなくなりそうなので、オウム返しをするだけに留《と》めます。

「かなり早く来たのよ。しかも走って侯爵邸まで来たの」

「徒歩ですか……まぁ令嬢じゃなければ歩ける距離ですもんね」

「そうよ、信じられないわよね。走ってくるのにちょうどいい距離だそうよ。それならいいんだけど、私起きたばっかりなのよ！　寝起き姿見せられるわけないでしょ！」

「そーですね」

　寝起き姿を見せられないとか完全に乙女です。心配して損しました。

「そうしたらお父様が嬉しそうに稽古しようって言いだして。二人で朝から稽古よ」

「まぁ、ダフ侯爵様も朝早いのですね」

　私は微妙な太鼓持ちに徹しております。今から勉強部屋に戻って変態貴族たちの資料を見るか、乙女の惚気を聞くかを選ぶなら私は乙女の惚気を選びます。

「お父様は騎士団の朝練の時の癖がなかなか抜けないみたいなの。だから夜会がない限りは早寝早起きよ。うっ、そこ気持ちいいわ」

「ここが凝ってますね～」

ハンドマッサージはジゼル様のお気に召しているようです。昨日はアシュフォード様にハンドマッサージを施しながら、私はほっぺたとか腰とかいろいろ触られてたんですけど。

「稽古は別にいいのよ。問題はその後よ。身支度を整えて行ってみたら、ブランドンが……ぬ、ぬ……いえ、その……」

「ぬ？　ぬぬ？」

「ぬ、ぬ……脱いでたのよ！」

「ほほぅ」

稽古して汗をかいて服を脱いでいたわけですね。それを思い出してジゼル様は挙動不審なわけですね。

「ほほぅじゃないわよ！」

「見たんですね？」

「見てないわ！」

「見たんですよね？」

「見てないわよ！」

筋肉が目の前にあるのに見てないとかガーディアンクラブの会員の名前が泣きますよ。

「何個に割れてました？　腹筋は」

腹筋が何個に割れてるかって個人差あるって聞いたんですよね。エリカからの情報です。

「ろく……って何を言わせてるのよ！」

「しっかり見てるじゃないですか」

「っつ……」

ジゼル様のお顔は真っ赤です。その顔見せてたら婚約者はすぐ決まっていただろうなぁ、なんて考えてしまいますね。結果オーライですかね。

「で、どうでした。ブランドン様のお体は」

「あなた、破廉恥よ！」

「フェチってあるじゃないですか。鎖骨とか手首とかうなじとか肩甲骨とか。どの辺が良かったですか？」

ちなみにアシュフォード様の腹筋は割れてません。頭の回転も速くて毒舌で顔も良くて腹筋まで割れてたら完璧すぎて人間味ないですよね。あなたの血は何色でしょうかっていう。え、なんで知ってるかって言われましても。見えたからです。

「鎖骨のラインは良かったわ……」

「ほほぉ。そしてそれで？　鎖骨だけでしたか？」

「……背中もセクシーで良かったわ……」

「ほほぉ。腹筋は？」

「……六個に割れてたわ」

「ふむふむ」

さっきも聞きましたけど六個なんですね。微妙に強弱をつけながらハンドマッサージを続けます。私がいる前でもブランドン様って平気で脱ぐんですが、八個でした。これは言わない方がいいでしょうね。

「ブランドン様の体を思い出して妄想してたから挙動不審なんですか？」

「ち、ち、違うわよ！」

「いやぁ、良い体を見たら妄想してもいいと思いますよ〜」

「恥ずかしくって顔見られないだけよ！」

「きゃ。乙女〜」

昨日、アシュフォード様に触りまくられて溜まったストレスをジゼル様で発散している気分です。恥ずかしくてもストレスって感じるんですよね。

だってねぇ、乙女のお腹に無断で触るとか「太ってる」って言われてるみたいでお腹引っ込めようとするじゃないですか。いくら「可愛い」と言われてお腹を触られてもこの複雑な乙女心。

「恋の季節ですねぇ」

私はニヤニヤしながらジゼル様の真っ赤な顔を堪能しました。平和です。勉強部屋に帰ったらエレーナ様によってお菓子が完全になくなっている気がしますが、平和です。

私はこの時だけは変態貴族たちやエドエド殿下のことを頭の片隅からも追いやりました。

「あれ、エレーナ様。今日は早いですね」

授業が終わり一番乗りかと思っていつもの勉強部屋に入ると、ぼんやりとしたエレーナ様がすでにいらっしゃいました。エレーナ様の前には変態貴族全集……じゃなくて婿候補の資料が鎮座しています。

昨日ジゼル様をからかいまくってピュアな気持ちをやっと取り戻したので、さすがに新しい変態さんの趣味を見るのは辛いです。心が穢《けが》れます。またジゼル様のピュアさを頂かないといけません。

「今日ね。初めて体調不良でもないのに授業をさぼったのよ」

「あ、そうなんですね！　紅茶飲みます？」

「……ふふ、あなたってそういう人よね。優しいわね。頂くわ」

「今日はドライフルーツを持ってきたので小さく切って紅茶に浮かべましょう。美味しいんですよ！」

エレーナ様はいつもに比べて表情が暗いです。お菓子が手の届く範囲にあるのに昨日から減っていない……もしかして……ダイエットですか？　ダイエットしてるから暗いのかしら？　無理なダイエットは良くないですよ。

疑問に思いつつ紅茶を淹れてドライフルーツを浮かべます。このドライフルーツのちょっとした酸味がアクセントになるのです。

「さ、どうぞ！　何かあったんですか？　また新しい変態さんでもいましたか？」

「資料は眺めていただけであんまり頭に入ってないのよ。私、なんだか嫌になっちゃったの」

「そうですよね。さすがにこれ、男性しか愛せないからお飾りの妻希望っていうのは酷いですよね。愛人がいるよりましだからってこれは酷いです」

「あぁ、そうじゃないのよ。自分で自分が嫌になったの」

エレーナ様は珍しくため息をつきます。エドエド殿下の所業がどれだけ悪かろうと、エレーナ様のため息は聞いたことがなかったのに、です。

「昨日アッシーが私にちゃんと行動しろって言ったでしょう？　でも、私何をしたらいいのか分からなくって。今までずっと言われたことをこなしてきただけだから、いざ行動しようと思ったら今以上のことは何もできなかったの。愚痴愚痴言っていただけで何も動けないなんて情けないわ」

雰囲気だけの公爵令嬢って言葉がかなりダメージ与えてますね。エレーナ様の独白を聞いて頷きながらそっと棚からお菓子を取り出します。しかし、エレーナ様は手を伸ばしません。お菓子に手を出さないとはマズイですね。本気で悩んでいらっしゃる。エレーナ様の体調はお菓子の量で推測する、これ鉄則。

「言われたことを相手の期待以上にこなしていれば褒められたもの。大切にされて尊重されて愛してもらえているって思えたもの。認められていると思えたから勉強だってマナーのレッスンだって求められるままに頑張ってきたのに。でも結局エドエドが夢中になってるのは、学もなくマナーもお粗末、私の足元にも及ばない、いえむしろ平民にさえ劣る男爵令嬢なのよ。お父様にエドエドの浮気のことを言っても『火遊びだ。一時の気の迷いだ』って笑ってまともに取り合ってくれないし。陛下や王妃だって『珍獣に気が向いているだけだから長い目で見てあげて』なんて言うのよ」

両陛下、一応は年頃のご令嬢に対して珍獣とはなかなかの表現ですね。というか珍獣に対して失礼では？

「エレーナ様をバカにしてますよねぇ」

「そうなのよ。結局、私ってどんなに努力しても大して愛されてなかったのよ。私がどんなに頑張っていたかなんて、どのくらい傷ついているかなんて親たちはどうでもいいんだわ。エドエドだって学やマナーが身についていない子を選んで尊重してるんだし。だから、これまで努力してきたのがバカみたいって思ったの」

それはそうです。いくら珍獣といえども、あんなご令嬢に夢中になられては「これまでの教育なんだったの⁉　むしろこれまでの教育は嫌がらせでは？」と考えてしまう状態。

「そしてとどめはコレよ」

エレーナ様は落ち込んでいた様子から一転。少し怒りを滲ませて変態貴族全集じゃなかった……婿資料を指差します。

さっき私が読み上げた男性しか愛せない貴族ではない、もう片方のページには他国の王子の資料が載っていました。

「この王子殿下がどうかされたんですか？」

「おっつかれ〜！」

私の疑問と部屋に入ってきたブランドン様の元気な声が被りました。

入ってきたのはブランドン様だけではなく、照れているのかお顔がちょっとおかしいジゼル様と仏頂面のアシュフォード様も一緒です。

「あら、その人……まるで白豚ね」

ジゼル様はエレーナ様の前の資料をちらりと見て、あっさり言い放ちました。

いやいや、会ったこともない他国の王子の悪口はやめましょうよ。確かに、姿絵の中の王子殿下はぽっちゃり、いやぽっちゃりといってもいいのですが。

「これは相当トレーニングしないと痩せないよ」

ブランドン様も続けて口にします。ポイントはトレーニング量なんですか。

「白豚というか、育ちの良い牛だな」

「なんだか美味しそうですもんね……穏やかで優しそうな方ですし」

白豚って先にジゼル様に言われたから二番煎じの毒舌になるのが嫌で言わなかったのでしょうが、案外アシュフォード様の喩えが一番当たっている気がします。白豚って表現、ありふれていて新鮮味がないですからね。

「エレーナ様、この方がどうかしたのですか？」

「……小さい頃にお父様に連れられてこの方の国を訪れた時に会って。そこから文通していて良いなと思っていた相手よ……」

エレーナ様の声はあり得ないほど小さかったのですが、何とか聞き取れました。ほうほう、すでに有力な婿候補だったですね。

　アシュフォード様がイスに座って目頭やこめかみを押さえているので、疲れていると察した私は肩もみに回ります。ジゼル様はそんな私を見てなぜか顔を赤らめていました。これはまたブランドン様に触る妄想でもしてますね。筋肉見たいんですよね、さすが恋する乙女は妄想力逞しいです。

「婿候補としてはいいんじゃないか？　あまりこの王子についての情報はないが特殊な趣味はないようだ」

「それは重要ですね！」

「でも、こんなに太っていて大丈夫なの？　持病があるかもよ。早死にするかも」

「そうだよ。太ってたら視界も悪くなるんだよ！　この前、すごい太った男爵を見たんだけどさ。足元にいるネコちゃんに気づかずに踏みそうになってたんだよ！　自分のお腹で足元見えないなんて、ネコちゃん踏まれたら可哀想！」

　ブランドン様、なぜ突然のネコちゃん。ネコ踏んじゃったってやつですか？

しかも、ジゼル様。なぜあなたは「めっちゃ良い事言うわね！」みたいな顔してブランドン様を見てるんですか。婚約者補正ですか。

「で、どうなんだ？　ネコちゃんを踏みそうな奴を婿として愛せるのか？　あの阿呆《あほう》な殿下よりマシなのか？」

　アシュフォード様は意地悪そうに質問します。アシュフォード様がネコちゃんって言うと、違う生き物を想像しちゃいそうです。黒いトラとか、牙が生えてる何かです。

あと、私がたまにいいところをもんだら「んぅ」って悩ましげな声を上げるのはやめて欲しい……無駄に色気があって、ジゼル様がこっちをチラチラ見ながら真っ赤になっていますから。

「煩いわね！　エドエドみたいな男が婚約者で、話も合うし良いなと思ってコツコツ文通していた王子が白豚で！　私はど～せ男運がないわよ！」

エレーナ様、怒る元気は出てきたみたいです。

「男を見る目がないだけじゃないのか」

「この方、後ろ盾の弱い側室のお子様なので嫌がらせで姿絵がこんな風に描かれている可能性はありませんか？」

この王子の国、王妃様の権力が絶対的に強いのです。側室様は子爵家出身って書いてあるし肩身が狭いでしょう。

「普通姿絵は三割増しくらいで描かれるんだが。嫌がらせで逆に醜く描くのはあり得ないことはない。ただ、これが本当の姿かもしれない」

「外見がすべてじゃないって言うけど大丈夫？」

「ネコちゃんは飼ったらダメだよ！　あ、ダイエットなら俺がメニュー考えてあげる！　ネコちゃんは痩せてからだよ」

ブランドン様、いい加減ネコちゃんから離れてください。

「いいじゃないか。太っていてもダイエットしたらいい。問題ないな……んぅ、今日はそこが効くな。じゃあ、早速プロポーズでもしてこい。善は急げだ。こっちのボンクラは後で処理しよう」

　肩もみをしているとジゼル様が挙動不審なので、途中から頭のマッサージに切り替えました。あとで「ジゼル様もマッサージしてあげたらどうですか？」ってからかってみましょう。効いているようでアシュフォード様は会話の途中にまたもや悩ましげな声を上げており、お疲れの様子です。

「目の前でイチャつきながら言わないでくれる⁉」

「エレーナ様、婚約者不在だった時のジゼル様とキャラ被ってますよ」

「そうだ。そのヒステリーは男の前では隠しておけ」

「飼うなら白いネコちゃんがいいわ」

「白いネコちゃんか～。高貴な感じがするからジゼルの雰囲気にも似合うね。名前はどうする？」

「みんなイチャついててむかつく！」

　エレーナ様が元気になって何よりです。

「でもさ～、アッシュならあの男爵令嬢、簡単に暗殺できるよね？　なんでやらないの？」

　エレーナ様が過度のイチャつきに耐え切れず帰宅してしまった後のお部屋で。

　昨日に引き続き、場所によってはばっちり見える密会をスタートしたエドエド殿下とカミラさんを眺めながら、ブランドン様は軽く口にしました。

「アホか。そんなことしたらまずエレーナ嬢が疑われて、次に私たちが疑われるだろう。証拠がなくとも変なウワサを流されて領民にでも広まったら、ウワサを消す方が面倒だ。考えが浅い奴ほど身分差恋愛や真実の愛が大好きだからな」

　うん、暗殺できることは否定しないんですね。

「それに駆除したら次が湧いてくるかもしれないから、頭がスカスカな虫だと都合がいい。変に悪知恵が働く身分の高い虫が出てきたら困る」

「そっかぁ。アッシュは頭いいもんなぁ。行動読めちゃうもんね」

　相変わらずのこき下ろしっぷり。

　ブランドン様は皮肉が分かっているのかいないのか、私が用意した紅茶を嬉しそうにジゼル様とアシュフォード様に運んでくれます。犬の尻尾が見えるのは私だけではないはず。あと、ブランドン様の発言内容が最近若干知的になってきた気がします。

「結局、この王子殿下はどんな方なのかしら。情報が他と比べて少ないわね」

　ジゼル様は婿最有力候補の資料を覗き込みます。

「一つ国を挟んでいるのと表に出てこない王子だから調査に時間がかかる」

「もし虐げられている方ならこの国に婿入りしやすいのではないですか？」

「あぁ、そう思って候補に入れてある。エレーナ嬢と面識があることもプラスの要素だな」

「変に国内の有力貴族と婚約したら継承権争いが勃発しますものね」

「ボッパツ？　なにそれ？　どんな髪型？」

真面目なお話にブランドン様の間の抜けた声が割って入ります。

ジゼル様が勃発の意味を説明し始めたところで、ドアがノックされました。

エレーナ様は帰ってしまわれたし、そもそも彼女にはこの部屋の鍵を渡してあるのでいつもノックはしません。全員で顔を見合わせて小さく頷き合い、私がドアまで近づきました。ブランドン様が重そうな辞書を片手に後ろから付いてきます。

その辞書ってもしかして護身用？　勉強用じゃないですよね？

「どなたでしょうか？」

ドアの前には人の気配があります。鍵がかかっているドアを開けずに、私は向こうに問いました。

「あの……ハウザー様に聞いていただきたいことがあります。こちらにいつもいらっしゃると聞いて」

ほんの少し幼さの残る男子生徒らしき声。聞き覚えはありません。

チラリとアシュフォード様を見ると、書類を見えないようにまとめながら面倒くさそうに「中には絶対に入れるな」と口パクで言われました。ジゼル様といえばドアのところまでやってきて「なんだか事件が起きそうな予感がするわ。いつでもドアを閉めて追い出せるようにしとくわね！」とドアに手を添えてノリノリでスタンバイしている始末。

「では、ご用件だけ伺います」

　ブランドン様が守るように前に出てドアを開けました。

　バッジから判断するに私たちの一つ下の学年の男子生徒が、女子生徒の肩を抱いて立っていました。女子生徒は教科書を一冊握りしめています。

　うわぁ、なんか面倒くさそうな香りがします。アシュフォード様の勘はおそらく当たっているでしょう。

「失礼します。スコット・リトルと申します。か、彼女がいじめられているので相談させていただきたくて……」

　この状況で女子生徒は俯いたまま喋りません。さっきから男子生徒のみが緊張で震える声で喋っています。誰だってアシュフォード様を前にしたら緊張するんですよ。

　うわ、アシュフォード様はすでに面倒と判断したのでしょう。部屋の温度がちょっと下がりました。リトルっていうとリトル子爵家だったかしら。うちと取引はないけど、私たちと同じ学年に彼のお兄様がいらっしゃる。

「それがどうかしたのか？　婚約者なら君が守ればいいだろう」

　アシュフォード様はあくまで冷たい……いや、いつも通りですね。

「彼女は同級生で婚約者ではありません」

「じゃあ肩を抱くな。どこの世界に婚約者でも恋人でもない異性の同級生の肩を抱く奴がいるんだ。お互いの婚約者に失礼だろう」

　ケッという効果音がつくように吐き捨てられ、男子生徒は慌てて手をどけます。その様子で歩いてきたなら放課後でも目撃者はいると思うので、今更手をどけたところで手遅れですけどね。

「話がズレたな。で、いじめとは？　いじめなら生徒会と教師に言うべきだろうが、言いにくいようなら話は通しておいてやる。面倒だがな」

　面倒ってつけちゃったよ、この人。ジゼル様は婚約者でもない女子生徒の肩を抱いていた男子生徒を、エドエド殿下に対するのと同じ目で見ています。つまり視線がすでにかなり冷たいのです。これも温度が下がる要因の一つです。

「生徒会はいじめに関して大して対応してくれないじゃないですか。いじめの内容はお茶会に呼ばれなかったり、このように教科書を破かれたりといったことです」

「さすがに酷いものや傷害事件までいけば生徒会も教師も動く。お茶会に呼ばれない程度では無理だな。いやそもそも。なぜ婚約者でもないお前がずっと喋っている？　まず、そこの女子生徒が名乗って説明するのが筋だろう。他人に喋らせて楽しようと思うなよ」

　アシュフォード様、説明させる気ないですよね。話をぶった切って後輩たちにトラウマを植え付ける気でしょうか。爵位が上の人を味方につけるのは下級貴族が考える手段ではありますね。ただ、アシュフォード様を選ぶのは失敗だと思いますよ。下級貴族だとアシュフォード様が公爵様をいろいろお手伝いしているのを知らない可能性もありますね。そうすると、成績が飛びぬけた公爵令息だから……という理由でアシュフォード様の性格もきっちり把握せずに来たのでしょうね。

「彼女はメアリ・ハーパーです。破かれた教科書を見てショックを受けているのです」

ハーパーっていうとハーパー男爵家でしょうか。確か借金が結構あるってウワサです。

「茶会はどうでもいいが。教科書は盗まれて破かれたのか？」

「登校したら破れた教科書が机の上に置かれていたそうです」

「それまで教科書はどこに？　保管場所である鍵付きロッカーが壊されていたのか？」

「あ、いえ。ロッカーに被害はありませんでした」

「じゃあ鍵を分からないように開けて、一冊だけ教科書を抜き取って破いたのか？　それはまぁ手の込んだことだな」

　男子生徒はやっと口をつぐみました。女子生徒は喋らないものの、男子生徒の腕を引いて首を横に振っています。小声だが「大事にしたくないし、もういい。帰ろう」と聞こえました。

「それともまさか教科書を放置して帰ったわけではないだろうな？　使わない時は鍵付きロッカーに保管、それ以外は教科書を自習のために持って帰るだろう。私のようにすべて暗記しているなら持って帰らないだろうが。ブロンシェ、一応破かれたという教科書を見てくれ」

　アシュフォード様に言われたのでポケットから手袋を取り出し、はめてから教科書を受け取ります。ハーパーさん、教科書を渡したくなさそうだったけど気のせいでしょうか？

　それに、さりげなく教科書の中身は全部暗記してるとか言っちゃってるよぅ。アシュフォード様の頭なら学園に通う必要はそもそもないので事実なんですけれど。

「あの……なぜ手袋を？」

　リトルくんは不思議そうな顔をしています。あぁ、この子は平和な環境で育ったんだなぁとしみじみしますね。あの頃には戻れないってやつです。

「ブロンシェは私の婚約者だ。私もブロンシェもよく嫌がらせは受ける。今まで渡された本などに危険な薬物や毒物が塗られていることはしょっちゅうあった。信用できない者から渡される物品に関しては必ず対策をとる」

「私はお茶会で紅茶かけられたり、ドレス破かれたり、足踏まれたり、ゲテモノ食べさせられそうになったりするくらいだけど、ハウザー公爵家ともなると命を狙われるのね」

「だいぶ掃除が済んだから最近はないがな」

　ジゼル様とアシュフォード様の高位貴族らしい会話に二人の生徒は顔を青くしています。私は教科書をマジマジと確認しました。

「破かれたというより刃物で切られていますね。ページが抜けている部分はありません。綺麗に教科書が二分割にされているので持って帰りやすそうですね。この歴史の教科書は重いですから」

　リトルくんは確認していなかったのか「え？」という顔をしています。いやいや確認しようよ、このくらい。ぱっくり二つに割れていたらびっくりするのは分かるけれども。

「重いから筋トレにいいよ？」

　ブランドン様のズレたツッコミはジゼル様に対処してもらいましょう。ブランドン様は辞書を左右に持ち替えながらスクワットをしています。元気ですね。

「で、相手に心当たりはあるのか？」

「それは……メアリ？」

「あ、あの……教科書を机の上に置いていた私の責任でもあるので！　失礼しました！」

「え？」

ハーパーさんは勢いよく頭を下げると、リトルくんと教科書を置いて走り去ってしまいました。

「あれはおそらく相談女だ。騙《だま》されかけたな。それともここにわざわざ連れてきてあの女に恥でもかかせたかった……わけではないな」

　アシュフォード様が残されたリトルくんに冷たく言います。

「婚約者に暴力を振るわれている、他の生徒にいじめられているなどと異性に相談事を持ちかけ、二人きりになりボディタッチなどで親密になろうとする手口だ」

「あ……最近よく悩みを相談されていて……今日はいじめられていると相談されました……」

「さっきのようなマナーでは茶会に出ても恥をかくだけだから、茶会に招かれないのは当然だろう。何の旨みもない家を茶会に招いても意味がない。教科書を二分割するのも何人か見たことがある。重い教科書が億劫で半分にして必要な方だけ持って帰るようだな。手先の器用な生徒なら稀だがやっている」

「そう……だったんですね」

　とりあえず、破かれたという教科書くらいは確認しましょうね。騙されやすくて彼の将来が心配です。

「アレに引っかかるのもどうかと思うし、肩を抱くのもどうかと思うがな。まぁせいぜい婚約者への弁明を頑張ることだ。私はこれまで浮気を許した女性と会ったことはない。許した振りの女性はたくさんいるがな。楽しみだな」

この構図と表情だとアシュフォード様、完全に悪役なのですよ。「浮気を許した女性と会ったことはない」という決めゼリフを吐くとともに口の端が面白そうに上がっています。言っていることは正論なんだけど。リトルくんは哀れにも震えています。

「でも……王子殿下だって……」

えー、ここでエドエド殿下が出てきますか。

「お前は兄が横領していたら自分も兄がやっているからという理由で横領するのか？　お前の学年の侯爵令息が浮気していたら、自分も浮気していいと思うのか？」

あー、エドエド殿下のせいで風紀が乱れてる感じですね、これは。

「そんなことはありません！　兄は横領なんてしません！」

「別にお前の兄が浮気しようと犯罪に走ろうとどうでもいいが。上や他の人間がやっていて自分もやってもいいと考えるような頭しかないなら学園に来なくていい。家で父親の真似だけしていろ。学園に払う金がもったいない。向上心もない、考える脳みそもないのに女の尻だけ追いかけるな」

魔王様が降臨していて怖いですねぇ。これはリトルくん、トラウマ植え付けられちゃうのではないでしょうか。ブランドン様はこの凍てついた空気の中、スクワットの次はストレッチを始めました。ジゼル様も真似をしてストレッチを始めましたが、やり方が違う気がします。でも、二人とも元気でいいですね。

「子爵家の次男のお前は確か幼馴染の男爵令嬢と婚約していて婿入り予定だったな。お前を落としてもあの女には何の意味もない。ということはおそらくお前を踏み台にして誰かと親密になりたかったのか、愛人になりたかったのか。ここに連れてきたことだけは正しかったな。あのままあの女と親密になっていたら、婚約者の男爵令嬢にも疑われて、お前の友人の侯爵令息も狙われて迷惑がかかっただろう。それにお前の素行が悪いとせっかく文官の登用試験に合格したお前のところの長男にも問題が出そうだ。可哀想だな、浅はかな弟のせいで他の貴族に睨まれたら」

アシュフォード様、男爵家や子爵家の婚約関係や友人関係、就職先まで把握してるのか……すごすぎます。

それにこの子、侯爵令息とお友達なのかぁ。じゃあさっきのハーパーさんが侯爵令息狙いならマズかったですね。侯爵令息が婚約者とダメになったらリトルくんの責任も問われますし。そうなると「どんな教育してるんだ！」と子爵家もタダでは済まないでしょう。

子爵家の次男で男爵家に婿入り予定なら、ハニートラップや毒物にもあまり縁がないでしょう。でも、子爵家の次男で学園に通えているのはお金持ちですね。

「じゃ、そういうことで～。おうちに帰ってね～」

「あとは入っているのか分からない脳みそをしぼって考えろ」

リトルくんが事態をやっと把握して顔をさらに青くした頃合いで、ブランドン様がシッシッと追い払ってドアを閉めました。ついでに私が持ちっぱなしだった歴史の教科書もリトルくんに突っ返してくれます。

「あの二匹のイノシシのせいで学園の風紀が乱れてきたな。学園にはアホしかいないのか」

「あら、ちゃんと節度がある方はたくさんいるわよ。アホはアホにしか伝播《でんぱ》しないわ」

アシュフォード様はいつも通りですけどジゼル様も容赦ないです。いつの間にイノシシになったんですか。カミラさんはイノシシっぽいですね。

「ねぇ、オウリョウって何？」

ブランドン様はそこからですか。

＊　＊　＊

「あの尻軽に浮気している殿下はまた寮生活に戻ったの？」

ジゼル様、明け透けな物言いでございますね。

「いえ、さすがに強制的に王宮に戻されたみたいです」

学園には寮があり、王都に屋敷を持たない・通学に時間がかかる・勉強に集中したいなどの理由がある生徒は優先的に寮に入れます。ほとんどの高位貴族は王都の屋敷から通うのですが、王族は見聞を広めるために最低一年は寮生活を送るのが慣例です。エドエド殿下は女性関係で見聞を広めたようですけれども。

「やっぱりそうよね～」

　エレーナ様はここ数日、勉強部屋に現れません。学園には来ているようだけれど。心配ですが、たまには一人になりたい時もありますよね。ジゼル様と二人で喋っていてもお菓子の量が全く減らないのが少し寂しいです。ブランドン様は本日、騎士団の面々に稽古をつけてもらえるとのことで不在。

「あなたとあの腹黒って二人きりのときはどんな会話してるの？」

　うーん、腹黒という言葉だけではアシュフォード様はいささか表現しきれません。やっぱり一言で表すなら魔王様？

「ジゼル様。ブランドン様とうまくいってないからそんなことを聞くんですか？」

「ち、違うわよ！　ただの興味本位よ！」

「ふぅ～ん」

　以前はそんなこと聞いてもこなかった方なので、思わずジト目で見てしまいました。

「何よ、その目は！」

「いやぁ、ジゼル様は婚約してから変わられたなぁと」

「ブランドンがお父様とばっかり喋っていて、何を話したらいいか分からないだけよ」

「ほぉほぉ」

　つまり、寂しいってことですか？

「私たちはジゼル様のようについ最近婚約しました☆ってわけではないので、初々しい会話はしてないですよ。仕事関連のこととか、最近はエドエド殿下関連の愚痴多めですし。ジゼル様たちはお互いのことをたくさん話して知っていけばいいじゃないですか～。デートもしたらいいですし」

　デートという単語でジゼル様は真っ赤になります。最近、ツンとデレの間隔が短いですね。

「で、で、デートって例えば？」

「う～ん、私たちのデートは参考にならないと思いますよ？　ハウザー公爵夫人からチケットを頂いて人気の歌劇を観に行ったらアシュフォード様は『刺されたのになんであんなに歌い続けられるんだ。出血多量で死ぬだろ』と率直な感想でした。ブランドン様は暗くなったらすぐ寝そうですね」

　あの歌劇では、痴情のもつれで女性が男性に刺されちゃうんです。刺されてから十分間くらいは朗々と歌われてましたね。歌劇ってそんなものです。

「うわぁ、言いそう。あいつと一緒じゃ歌劇を純粋に楽しめないわ。ブランドンは確かにすぐ寝るかも」

　デートのエピソードって難しいです。幼い頃から婚約しているとなおさら。一緒にいるのが普通なので改めてデートと聞かれると……そもそもデートの意識がなかったと表現すればいいのでしょうか。

「まぁ、私たちの話はおいといて。あれからブランドン様の筋肉見たんですか？　報告してくださいよ」

「裸なんて見られるわけないでしょ！　変態よ！」

破廉恥から変態になりました。別にならなくても腕とか見えるじゃないですか、ねぇ？

「見たらいいじゃないですか。婚約者なんですし。『見せて』って言ったら見せてくれますよ、きっと。そこから会話しましょう。『どんなトレーニングしてるの？』とか『騎士団の訓練見学に行ってもいい？』とか。そこからデートに発展させればいいんですよ。私たちは公爵邸でグダグダしていることが多いです」

お腹や頬や髪をよく触られます。あとは膝枕。でもこんなことといったらジゼル様鼻血出しちゃうだろうなぁ。婚約者の道は険しいです。

「そんなことできるわけないじゃない！」

「じゃあ護身術教えてって言って、密着して触ったらいいじゃないですか。触り放題☆」

「ひぃぃ……」

「ジゼル様、何を想像してるんですか。顔赤いですよ、きゃ。やらし～」

「あなたね！　人が真剣に悩んでるのに！」

悩める乙女をからかいまくっていたらアシュフォード様がやってきました。

「ブロンシェ、長期休暇は旅行をしないか。予定はどうだ？」

旅行とはお初ですね。領地に行くのは旅行に含まれません。

「領地にでも行くのかしら？」

からかった余韻で顔が若干赤いジゼル様が素早くアシュフォード様にツッコミを入れます。

「いや、オルグランデ王国に行く」

「まぁ、あの白豚王子がいらっしゃる国じゃないの」

「それを確かめに行くんだ。仕事を休めてちょうどいい。婚前旅行のようなものだな」

「こ、こ、こ！」

ジゼル様は顔をさらに赤くしてニワトリのような声を上げながら、アワアワしています。

「ブランドンも連れていこうかと思ったが……」

「ダメよ！」

ニワトリの真似は即刻やめたようです。

「買い物に時間がかかりそうな女も付いてきそうだから諦めることにする。絶対に煩いからな」

「ブランドンが行くなら私も行くわよ！　婚約して初めての長期休暇に一人置いていかれるなんて寂しいじゃないの！　そんなことしたら寂しくて私、ネコちゃんを飼っちゃうんだから」

「寂しいからという理由でネコちゃんを飼おうとするな。使用人に世話を丸投げなんて無責任だろ。それにネコちゃん飼う前にブランドンをもう少し躾けろ。頭は少し良くなったが、挙動が貴族ではなく落ち着きのない魚だ」

アシュフォード様はド正論を返します。というかネコちゃんって呼び方は継続なんですね。ジゼル様は反論できず、黙ってしまいました。歯ぎしりの音がします。

「オルグランデ王国は長期休暇の時期は暑そうですね」

一つ国を挟んで存在するオルグランデ王国。長期休暇の頃はちょうど雨季が終わる頃で暑い時季なのです。

「あぁ、商会に風通しの良い服を用意するよう連絡しておく。幸い、長期休暇まで時間があるから間に合うだろう」

「ひょっとして婿候補の王子殿下を見に行くんですか？」

白豚とか育ちの良い牛とか言われてしまっている、フロスト・オルグランデ王子。

「それもあるが、あくまでオマケだ。ブロンシェとは領地にしか旅行したことがないからいい機会だと思った。最近はこの部屋も人が増えてきて煩いし、久しぶりにゆっくりできるな」

ニヤッと笑うアシュフォード様。

エドエド殿下のお仕事が進まずに他の方々から泣きつかれないのはいいですよね。仕事で無茶ぶりをされないのもいいです。ただ、その前に甘い顔をしながら私の髪をいじるのはやめていただきたいのですが。


あら、ジゼル様がいつの間にか窓の外を見ています。外には逢瀬《おうせ》中のエドエド殿下とキャミラさんしかいないと思うのですが……。あのお二人は毎日しばらくイチャついた後にエドエド殿下だけ走って帰っていきます。王宮の馬車のお迎えの時間なんでしょうね。

アシュフォード様は髪をいじるのをやめてほっぺたを触り始めております。ジゼル様に「破廉恥」と言われる前にやめてほしいんですけど……。それとも私、太ったのでしょうか？

あ、ジゼル様がゆっくり植木鉢を持ち上げました。筋トレでしょうか。まさか、お二人の上に落とすわけではないですよね。お二人がいるのは地上、ここは三階ですから……さすがに殺す気はないですよね？

「おい、さすがに殺人までは庇えないぞ。あんなんでも王族だ。せっかく婚約者が見つかったのに首と胴が離れたくなかったらせめてたおやかにしておけ」

「殺人じゃなかったら庇えるんですか？」

「なんとか隠蔽できるが効率が悪い」

「ブランドンはお父様に稽古つけてもらいながら領地の勉強をしてるのに、あんなにお気楽でイチャイチャしてる二人を見ていると腹が立つのよ」

　それは見事な八つ当たりでございますね。というか、ジゼル様って本当に乙女。婚約したらイチャつきたいってことですもんね。

「まぁいいわ。お父様だって第一王子派はやめたんだもの。せいぜい知らないうちに裸の王様になっていればいいわ！」

「裸でもあれが王になったら困るが」

「お父様もお父様よ。私が散々あの王子の学園での様子を話しているのに、ブランドンの言うことはすぐ信じるなんて！　娘のことは信用してない訳？」

　捨て台詞を残して帰っていくジゼル様を見送ります。ひとまず殺人と殺人未遂は阻止できましたね。

「第一王子支持の家が段々減ってきましたね」

「あぁ、そうだな。それも仕方ないだろう。あの様子では」

「ジゼル様のところもやめちゃったんですねぇ」

「ブランドンからいろいろ聞いてダフ侯爵も客観的に考えたんだろう」

　ジゼル様、怒ってましたからね。

「これで第二王子殿下が王太子になるでしょうか？」

「あぁ、おそらくは」

　珍しくアシュフォード様の歯切れが悪いです。

「第一王子殿下は学園入学前までは賢いと評判でしたが……どうしてしまったんでしょうね」

　意外にもエドワード殿下の聞こえてくる評判は学園入学前は良かったのです。城で働いている人たちの贔屓《ひいき》目だったのでしょうか。書庫にこもって一日調べものをしているとか、いろんな方に教えを乞うているとかお父様からも聞いていたのですが。学園に入ってからの殿下しか見ていませんが、評判のような様子はありません。

「二十歳過ぎればただの人とも言う。これまでずっと大人に囲まれてきたんだ。同年代に囲まれると何か思うところがあるのかもな」

　アシュフォード様もほぼ大人に囲まれてましたよね……同年代嫌いでしたし。

「アシュフォード様は入学前に殿下と何回か会ってましたよね？」

　王妃様がアシュフォード様を側近にしようとして何度か第一王子殿下と会わせていたはずです。

ただ、会話があまりにも合わず断念したとか。

「大した話はしていないから覚えていない。母は王妃と仲が悪いからな。殿下は読んでいる本のジャンルが違うから話も合わなかったが」

「へぇ……アシュフォード様は殿下に本当に王太子になってほしくないんですか？」

「あらゆる方面にだらしない人間がいい国王になると思うか？　どこぞの物語のようになるのがオチだ」

「女性関係が派手なのはいただけませんよね」

　アシュフォード様、今日は珍しく歯切れが悪い気がします。疑問に疑問で答える形を彼は嫌うから。まとめる書類を差し出されて手を出しますが、アシュフォード様が書類を離してくれません。

「アシュフォード様ならもっと確実で早い方法を取るのかと思ってました」

「ブロンシェならどんな方法を取る？」

　書類にやや力を込めて引っ張りますが、それでも書類がこちら側にこないのでわざとですね、これ。あんまりやると書類が破れて担当者さんが可哀想です。

「第二王子殿下はまだ小さいですから、彼に功績を上げさせるのは難しいです。やっぱり第一王子の評判を落とすしかありません」

「それはそうだな。子供に戦や外交に行ってこいなんて無理だ」

　そんなことより書類離してくれませんかね？

「ハベル公爵家の派閥の家が不祥事を起こしたことにして、それに殿下が絡んでた感じにしますかね」

城で毒物を盛るのも大変ですし、王族である殿下に酷い怪我を負わすのも難しいし、暗殺だってできないしと続けていると書類は離してくれましたが手首を引っ張られました。そのまま、アシュフォード様の膝に座らされます。

「書類がしわくちゃになりますよ」

「別に構わない」

抱きすくめられても書類は守りましたよ。ちょっとだけシワになってしまいました。

その状態でいる時に鍵が開いて入ってきたのはエレーナ様でした。

入ってきて私とアシュフォード様の体勢を見た瞬間「うわ、最悪」と呟いたのはばっちり聞こえております。

「あー……あ、やっぱりいいわ。何でもない」

「エレーナ様、お久しぶりです」

「あなたよくその体勢で挨拶できるわよね」

アシュフォード様が放してくれないのでこの体勢で挨拶するしかないのです。

「ブロンシェ、あれはどこだ？」

「そこの山にありますよ」

「なんで会話通じてるの。というか私が来たんだからくっついてないでいい加減離れたら？」

「そのツッコミを待っていました。アシュフォード様？」

アシュフォード様は頬に素早くキスすると、やっと放してくれました。やっぱり、エレーナ様に対する嫌がらせですかね。立ち上がって書類をまとめてからお菓子を出します。

「エレーナ様、長期休暇はどうするんですか？」

「王宮で勉強じゃないのか」

アシュフォード様、それは嫌味ですね。エレーナ様は気分を害したような表情じゃないですか。

「領地で過ごすわ」

「私とブロンシェはオルグランデ王国に行ってくる」

国名を聞いてエレーナ様の表情がまた険しいものになります。

「観光が盛んな国だからな。食料自給率が低いのが気になるから定住には向かないが旅行ならいいだろう。亡命先には向かないな」

「……用事を思い出したから失礼するわ」

アシュフォード様が煽るのでエレーナ様がさっさと帰ってしまいました。せっかく久しぶりに顔を出してくださったのに。

「エレーナ様をどうしてあんなに煽るんですか？」

「陰口をたれているだけの人間は身分にかかわらずその程度だ。あいつの家は陰口でも売ってるのか。これだけ言って動かないならもう先行投資も意味がないな。雰囲気だけの公爵令嬢ではなく、先行投資殺しだな」

テストも終わり、長期休暇が始まります。

ブランドン様の成績がまた上がったので、再度カンニングを疑われて教師に呼び出されるというアクシデントがありました。

前回と違い、今回は婚約者となっているジゼル様が堂々と「そのケンカ、買ってやりますわ」と高笑いしながら教師部屋に腕を回しつつ向かいました。ケンカを買うよりも売っている気がするのですが、そこはダフ侯爵家パワーでなんとかするのでしょう。アシュフォード様も「あいつが買わなかったら、うちで買ったのに。あの教師の情報は集めてある」と笑いながら怖いことを言っていました。

すっかりブランドン様は「バカ」の称号を返上してしまっております。

# 第三章 ✿ 私の婚約者様は白豚王子と会う

現在、私たちはというと。

「暑いな……」

「暑いですね……」

「本で読んでいたが、本当に暑い」

「溶けそうです……アイス美味しい」

「この湿気と暑さで人間が住めるのか」

オルグランデ王国に無事入国しました。「暑い」だけで一時間は会話が成立しそうなほど日差しがキツイです。太陽が人間を殺しに来ています。

「エレーナ様は結局どうされるんでしょうね」

「オルグランデ王国での公務を一つ投げてきたから、来たかったら来るだろう。これで行動しないようならもうあのアホと結婚するしかないんじゃないか。ま、ブランドンたちに探らせたら商人を呼んで薄手の衣類をたくさん購入したそうだから来ているんだろう」

アシュフォード様が衣服の襟元を緩めているのが無駄に色っぽいです。

ハウザー公爵家の密偵を借りたのとブランドン様に探らせたようです。もうブランドン様は騎士団長じゃなくて密偵を目指した方がいい気がします。

「まずは目的を遂行して、その後で観光しよう。それにしても、観光客への優遇がすごいな」

私は地味なので周囲に紛れることができますが、アシュフォード様は大変目立ちます。隠れることはできません。そのため、豪商の息子という体で店に入っては店主や店員たちと雑談しています。

「いやぁ、年々税が上がっててねぇ」

「今年は長雨で野菜が高くって……」

そんな話を仕入れまくっていました。

移動の疲れもあり軽めの夕食をとって戻ると、宿の受付でそっとメモを渡されました。

そして日が沈んでから、私とアシュフォード様はいかにも怪しげな酒場の前にいました。メモに書いてあった住所です。オルグランデ王国は観光に力を入れているので治安は良いのですが、やはり大通りから何本か入り組むと怪しげな建物はあるんですね。

「本当にここなんですかね……」

「住所は合っているな」

アシュフォード様が握る手に力が入るのですが、怪しげな酒場の前で手を繋いでいる私たちもおかしいのかもしれません。

「なんかこう……廊下の奥で違法なことをしていそうな臭いがしますね」

「そうだな。じゃあ、白豚王子……いや育ちの良い牛王子とご対面と行こう」

アシュフォード様、ジゼル様に毒舌で先を越されたこと結構気にしてます？


中は普通の酒場です。いや、外も普通の酒場でしたが。

ただ、周囲の建物の中で明らかにこの酒場だけ浮いています。向かいはいかにも怪しそうな薬を売っている薬屋、斜め向かいには明らかに普通ではない様相の男たちがたむろしているんです。さらにお隣は娼館のよう。

異常な中の普通はさらに異常なのです。

そんなことを考えつつ、テーブルの間をぬって手を繋いで歩いていきます。アシュフォード様の体温は私より低いのでひんやりした温度が手から伝わってきます。緊張しているので、手汗が気になりますね。

縦長の作りのようでやたら通路が長い店内を歩き、トイレの隣の「物置」というプレートのある扉でアシュフォード様は立ち止まってノックをします。

ガチャリと扉が少し開いて隙間ができました。アシュフォード様は素早く隙間に紙幣をねじ込みます。

スパイ小説みたいだなぁと呑気に思っていると「入れ」と大きく扉が開きました。

足を踏み入れたら斬られるのかしらという雰囲気です。いくら公爵家の密偵さんたちが姿を隠して護衛してくれていると知っていても普通に怖いです。

大柄な男性が先導する廊下は先ほどの酒場と異なって豪華な作り。絶対に物置ではないですね。燭台《しょくだい》一つ見ても扉に入るまでとは違います。

「兄貴はここだ」

「あぁ、ありがとう」

アシュフォード様は普通にお礼を言ってるけど、兄貴とは気になりますね。

先導してくれていた男性は一番奥の扉の前で止まります。顎でしゃくられるだけなのかと思ったら、ちゃんと案内してもらえるんですね。

男性が重厚な扉をノックします。物置はダミーでしたか。不規則なノック音だから入室の際の取り決めがあるんでしょう。

「入れ」

中から先導の男性よりも若い男の声がします。

私の緊張に構うことなどなく、扉が開きました。

中にいたのは六人の男性たち。テーブルにはトランプが散らばりほぼ全員ガタイが良く日に焼けていて……怖いです。

ただその中に一人だけ、細身で気怠そうな雰囲気の若い男性がいました。

「フロスト殿に用がある」

アシュフォード様は緊張などしていないようです。五人の男性たちがアシュフォード様とついでに私を値踏みするように見てきます。怖いですよ。手汗どころじゃなく冷や汗ものですよ。

「俺がフロストだ。なぁ、あんた、あいさつ代わりにゲームをしよう」

気怠そうな男性が軽く手を上げると、他の男性たちはささっとアシュフォード様に席を譲りました。

兄貴＝ボスってことかしら？

「アシュフォードだ」

「じゃあ、アッシュだな。ポーカーのルールは知っているな」

「あぁ」

ポーカーかぁ、アシュフォード様強いんですよ。なんたって……。

ん？　それにしてもこの人、フロスト？　フロスト王子ですか？

いやいや、情報通りに王子がこんな怪しげなところにいるはずがありません。それに全然白豚じゃない。なんなら他の方々に比べるとガリガリな方では？

「お嬢ちゃん」

テーブルを譲った強面軍団のお一人が話しかけてきます。ダミ声です。

「はい？」

「オレンジジュースでも飲むか？」

「あ、はい。ありがとうございます？」

オレンジジュースって言いながらお酒でも出されるんでしょうか。もしかして変な薬とか入ってるんでしょうか。出されたものはピッチャーから普通に注いでくれたものでした。これまで怪しい動きはなかったですし、香りもおかしくはありません。

　アシュフォード様のポーカーの様子を眺めながら、口をつけます。婚約してから私も毒にはかなり慣らされています。強面軍団が凝視しているのが若干気になりますが、少量の毒くらいなら問題ないでしょう。

「んん？　美味しい」

「だろだろ！　まぁ座りなよ」

　渡されたオレンジジュースは酸味もなく美味しいでのす。

「こいつのとこで作ってるオレンジなんだよ」

「酸味がなくてとても飲みやすいです」

　うちの国でとれるオレンジは酸味が強いから、搾ってもこの味にはなりません。

「おー、お嬢ちゃん。やっぱいいとこの子だな」

「みなさん、オレンジを作っていらっしゃるんですか？」

「いやー、俺は商会に勤めてるよ」

「俺は騎士団」

　他には肉屋さんやパン屋さん。ダフ侯爵並みに顔が怖いから、どうしても一般人には見えませんでした。失礼なことを考えてごめんなさい。

「昨日嫁さんとケンカしたから気晴らしにな～」

「フロスト兄貴に誘ってもらうんだよ」

「今日はこのメンバーだけど、俺らも毎日来てるわけじゃないから入れ替わるよな」

「ここ、兄貴の店だからな」

王子が経営してる怪しい酒場ってあるんですか……。というかみなさんフレンドリーで見た目以外は普通です。

「クッソ。また負けた！」

強面軍団と和気あいあいと喋っていると、フロストと呼ばれている男はテーブルに突っ伏しています。

「え、兄貴また負けたの！」

「あの兄ちゃん、強すぎないか？　どう見ても育ちの良い坊ちゃんだろ？」

「オレンジジュースもう一杯いただけますか？　美味しいので」

「もう一回だ！」

「嬢ちゃん。ちょっと馴染みすぎじゃね？」

「物怖じしない子だな。ほいジュース」

「おかしいだろ！　なんで毎回そんなに引きが強いんだよ！　イカサマか？」

アシュフォード様は何回かポーカーをして、私はその間に三杯ジュースを頂きました。お腹たぷたぷ。

「簡単だ。カードの順を全て覚えているからな」

「何なのそれ！　チート!?」

「チートとは何だ」

アシュフォード様の方も盛り上がっています。私は強面軍団の方々と月々のお小遣いのお話をしていたところです。奥さんからもらったお小遣い程度しか賭けていないらしいですよ。

「いやー、兄ちゃん。カッコイイ上に強いな」

「カードの順を記憶した上にしっかり戦略が練れるのはすごい」

「いいもん見たわ～」

「兄貴、完全に負けたな～」

「賭けてたらヤバかったな。すっからかんだ」

強面軍団はひとしきりキャッキャした後「嫁さんに怒られる！」と帰宅していきました。私はオレンジを作っている強面さんの住所をしっかり聞き出しておきましたよ！


さて、部屋に残されたのはフロスト王子?とアシュフォード様と私の三人です。

「フロスト王子は白豚なのかと思っていたが、違ったのか。ここまで違うと影武者であるわけもないだろう」

「あー、あの絵ね。俺、他の王子や王女にいじめられてるからさ。絵師が買収されてあんな酷い絵にされちゃうんだ。小さい頃は毒を盛られた後遺症で太ってた時期もあるから、あながち間違いでもないんだけど」

それにしてもこの王子、さっさと打ち解けたのか警戒心もなくフレンドリーにペラペラ喋ってくれます。大丈夫なんでしょうか、この国。エドワード殿下でもこんなに喋りませんよ。

「王子がこの酒場を経営されているんですか？」

「そうそう。王子として支給されるお金もわりと横取りされちゃうからさ～。食べていくために仕方なく？」

さらっと言う内容がエグイですね。

「それにしても立地の割に健全な酒場だ。もっと派手に賭け事をやっているのかと思っていた」

「派手にやったら目をつけられちゃうじゃん。ここでお酒をちびちび飲んでグチグチ言いながらトランプやってるのが一番いいんだよ。ちょっとスパイごっこ要素も入れてさ。『お前がルパンか』みたいな」

「隠居した老人の言い草だな。ルパンって何だ。こちらの言語は勉強してきたがチートやルパンといったスラングはまだまだ分からないな」

アシュフォード様、初対面の王子相手に毒舌ですね。

「あ、スラングじゃないんだ。俺、実は前世の記憶があるんだ」

「すみません。そのお話、長くなりますか？　ちょっとお花摘みに」

「ひどっ！　今、俺かなり重要なこと言ったのに！」

オレンジジュース飲みすぎちゃったもの。

戻ってくるとフロスト王子は酔っ払いの中年おじさんのようになっていました。手にはオレンジジュースしか握られていないですが酔ったのでしょうか。

「へぇ、空を飛ぶ交通手段があるのか。あとはクルマだったか？　馬車よりも速く走るのか」

「うん……そうなんだけどさぁ……俺、前世の記憶があってもそんなのの作り方なんて分かんないし……マヨネーズも作れないしさぁ」

　めんどくさい酔っ払いのようにフロスト王子はテーブルに突っ伏してグチグチ言っています。

あら、なんだかエレーナ様に似ています、この方。

「空を飛ぶのは鳥と同じ原理だろうか？　興味深いな。ただ、それだと兵器の開発も進むだろうな」

　アシュフォード様はフロスト王子を綺麗に無視して別の考え事をしているようです。

「前世の記憶があるからチートだと思ったのに……勇者でも出来の良い悪役令嬢でもないなんて……俺ってなんて役立たずなんだ……」

　アシュフォード様は相変わらず考え事をしながらも、フロスト王子の空になったコップにオレンジジュースを注いであげています。こういうことを人にさせずにさらっとできるのがアシュフォード様のすごいところなのかもしれません。

「役立たずと断定するには情報が足りない。この酒場はどうやって建てたんだ？　金は横領されてたんだろう？」

「ぐすっ……ここはこんな立地だから安いんだよ。でも俺の金だけじゃ足りないからさ。さっきの奴らに出資してもらったり、工事できる知り合いに頼んだり、あとは嫌がらせしてきた使用人たちの部屋から盗んだものを売ったり」

あ～人脈があるんだ、いい話と思っていたら最後に犯罪をぶっこんできましたよ、この王子。

「友達が多いのか」

「ぐすぐす……だって、城にいても食べ物手に入らないもん。食事は出ても腐ったのとか、嫌がらせで虫が入ってるのとか。城から抜け出して孤児院とか治療院、優しいおばさんのところで食べ物恵んでもらうんだ。城より市井の方が楽しいし」

「それで市井に友達ができたのか」

「うん。読み書きや計算を教えてご飯を恵んでもらって遊んでた。俺が城にいるかいないかなんて誰も気にしてないしね」

だからこの王子、こんなに細いのか。それに筋肉はあんまりついていないそうです。ジゼル様なら全く見向きもしないでしょう。

「そうか。で、エレーナ・ハベル嬢とも友達なわけか」

アシュフォード様、尋問慣れしてます？　話の流れの中に重要な話題をぶっこんできましたね。

「ええっと」

「覚えてないのか」

「いや、忘れるわけないよ！　あんな綺麗な子！」

「そうか、文通を頻繁にするくらいだからな」

「小さい頃、城を抜け出す時に会ったんだ。こんな俺にも気さくに話してくれて、あんなに綺麗で……」

　ぐすぐすグチグチ言っていったフロスト王子が今度は顔を赤くしてモジモジしています。私の頭の中にはこの言葉しか浮かんでいません。それは「ヘタレ」です。

「そのエレーナ嬢だが、もうすぐこの国に公務で来るぞ。リゾート施設の視察が目的だったな」

　アシュフォード様、その公務をエレーナ様が行うように仕向けたのはあなたですよ。王妃様の愚痴聞きした時にそんなこと売り込んだって言ってました。

「……でも、どうせ婚約者と一緒なんだろ……」

　相変わらずフロスト王子はもぞもぞウジウジしています。「諦めるな、少年」とか言いたくなりますね。

「婚約者の王子は浮気しているからな。今回は留守番させた。面倒な王妃あたりと来るんじゃないか」

「えぇ！　浮気は最低だな！　あんなに綺麗で優しいエレーナ嬢がいるのに浮気するなんて……あ、もしかして王子は男色？」

「違う。頭の緩い女に浮気している。お前も浮気くらいするんじゃないのか」

「俺なんて彼女いない歴=年齢なのに⁉　どうやって浮気なんてするの⁉」

　いや、その情報はいりません。アシュフォード様もオレンジジュースを気に入ったらしくおかわりしています。アシュフォード様って食事にこだわりないので、ほとんどおかわりしないんですよ。

「はぁぁ、リゾートかぁ……あれ、信じてもらえないだろうけど……アイディアは俺の前世の記憶からなんだよ……」

「プール付きリゾートは画期的だったからな。他にもレンタルドレスや土産ショップ、記念に似顔絵を描いてもらえるサービスなんかは珍しい。それが前世の記憶だというのは疑わない。なんだ、アイディアを盗《と》られたのか」

「うん……まぁ元々俺のアイディアじゃないから盗られたって言うのは変だけど……認めてもらえるかと思ってペラペラ喋った俺も悪いし」

なるほど、この王子はいろんな体験をしていてちゃんと痛みが分かる王子のようです。

よくよく観察すると、フロスト王子の目は濃い紫。資料では贅肉に埋もれてよく分からなかったんです。髪は薄いねずみ色で、体は細め。下手をすると女性に間違われそうな細さです。他の兄弟たちからいじめられているところも加味すると、童話に出てくるヒロインってところでしょうか。

「この国についてはどう思ってるんだ？　私としては将来性がない国なんだが」

アシュフォード様、逃亡先いや亡命先として考えていたくらいだからしっかり調べていらっしゃる。それにしても他国をバッサリ。

フロスト王子が不憫なヒロインならば、アシュフォード様はヒロインを助ける良い魔法使いでは絶対にないでしょう。

「はぁぁ……そりゃあもう、この国は終わりだよ。そのくらいは分かるって。利権と忖度ばっかりだし。税は年々上がったり、種類が増えたりしているし。王族と貴族は自分の贅沢にしか興味がないし」

「大体どこの国もそうだがな。お前にこの国を良くしていきたいという思いはあるのか？」

「無理だよ。殺されるだけだもん。それに、良くしていきたいならこんなとこでポーカーしながらグチグチ言ってないよ」

「ふぅん、そうか。じゃあ一生このままでいいのか？　アイディアも支給される金も全部他人に横取りされて、グチグチ言いながらカードゲームをするために生まれてきたのか？　前世の記憶まで持って」

「何のために生まれてきたかって……そんなの考えたことないよ」

　アシュフォード様、煽りますねぇ。

「そうそう。スメール国だったか。あの国では『マヨネーズ』とやらが最近開発されていたぞ。きっと前世の記憶持ちの仕業だな。さらにいろいろな物も開発中だと聞く」

「え……」

「その者はお前とは大違いだな」

　すみません、アシュフォード様。これ以上煽るとこの方、立ち直れなくなる可能性が……。エレーナ様とは違って打たれ弱い感じがします。

「まぁ私としても前世の記憶は面白い。別に自分で全部再現できなくてもできる者にやらせればいいだけだからな。王子という身分ならエレーナ嬢とも釣り合いがとれる。その気があるならうちの国に誘おうと思ったが、ずっとここで陰口を言いながらポーカーをしていたいなら仕方がない。豚もおだてれば木に登るが、やる気のない男にやる気を出させるほど暇じゃないんだ。ブロンシェ、帰ろう。邪魔したな」

「え……あの……」

フロスト王子は何か言いたそうにしていましたが、アシュフォード様は私の手を引いてさっさと部屋を出てしまいました。

「良かったんですか？　あんな感じで？」

ダイジェストにしますと、アシュフォード様の圧倒的なポーカーの強さで王子をぶん殴ったようなもの？　あれ、なんか違いますか。情報を引き出して煽りまくったが正しいでしょうか。

「あそこまで言ってダメならもういいだろう。根性のないヘタレな王子なだけだ。ただ、これからどう動くかによって変わってくるんじゃないか？」

「見捨てていたわけではないんですよね？」

「見捨てるも何もまだ拾ってない。ただ、予想よりも面白かった」

昼間はジリジリと暑かったですが、夜は生ぬるい風が頬を撫でます。

「それにしてもあのオレンジジュースは捨てがたいな。あの男の農園が良いのか、この国のオレンジが良いのか……。他の店でもオレンジジュースを飲んでみるか」

フロスト王子がどうなるのかはまだ分かりません。アシュフォード様とそっと手を繋ぎなおして怪しげな酒場を後にしました。あのオレンジジュースならいくらでも飲めそうですよね。

＊＊＊

「やっとゆっくりできたな」

「本当に休暇のために来たんですね」

　怪しい酒場でフロスト王子と会った翌日。昼間は暑いのでまだ涼しい午前中に宿の近くの浜辺を一緒に散策します。

「当たり前だ。昨日のはオマケだ」

「他国の王子をオマケ扱い……」

　当然のように手を繋いで歩きながら、たまに足を海につけたり貝殻を拾ったりして砂浜に並んで腰を下ろします。

「こんなにゆっくりできたのは久しぶりだ」

　波が寄せたり引いたりする音を聞きながら、アシュフォード様は砂浜にゆっくり横になりました。座ったままの私はアシュフォード様の上下する喉ぼとけをぼんやり眺めます。

　確かに最近は忙しかったです。

「アシュフォード様は宰相になるために生きてるんですか？」

「ん？」

「昨日フロスト王子に『何のために生きているのか』とお話をしていたので。気になったんです」

「あぁ、あれか。良い宰相になるためと考えている時期もあったな。六歳くらいまでだが」

これだから頭の良い人って理解できません……。なんで六歳でそんなこと考えるんでしょう。

私、六歳っていったら遊んでいた記憶しかないです。

「考えたんだ。果たして仕事のためだけに生きているのが幸せなのかと。仕事やそのための勉強は単なる手段に過ぎないんだと」

うーん、頭良い人ってほんと何考えてるか分かんないです。

「だから今はブロンシェと一緒に過ごすために生きている。良い宰相になるのは特に考えていない。なんなら他国に行ってもいいしな、この国はイマイチだが」

「えぇっと……アシュフォード様はそれでいいんですか？」

「いい。父にとっては自分と母と仕事だけが大切だ。あんな男にはなりたくない。子供を作っておいて興味さえ持たないあんな人間には。母は母で何を考えているのか分からない上に距離感がおかしい。勉強している時だけは褒められたから寝食を忘れて勉強していたら倒れるしな」

あー、私たちの出会いもそれに関係してますからね。とあるお茶会でアシュフォード様を人形だと勘違いして近づいたら、慢性的な体調不良の男の子だったので驚きました。おかしいですよね、子供なのに頭痛がいつもするなんて。お茶会に飽きてふらふらしてた私も大概ですけど。

「お茶会でブロンシェに心配されてやっと人間に戻った気がしたな。家では倒れてもふらついても『またか』で済まされていた。それからはブロンシェと生きていくために勉強しているし、あのアホ殿下も殺さずになんとかしている。幸せな親を見れば子供も幸せだ。だから幸せな家族や家庭を作れば結果的にいい国になるはずだ。好きな人と好きなことをして一緒に生きていけることほど幸せなことはないだろう」

　アシュフォード様は真顔で言いながら、私の手を引き二人で砂浜に寝転がりました。顔が赤くなっていたから助かったのは内緒です。アシュフォード様って頭良いのに、求めているものはすごく普通です。普通が最も難しいのですけど。

「空が綺麗ですね」

「あぁ、久しぶりに空を見た気がする」

「こんな時間を持てるのが幸せですね」

「あぁ」

　雲がゆっくり流れていきます。二人でぼんやり景色を眺めて話しているだけですが、こんな何でもない時間が幸せですね。

「今日は何しますか？」

「とりあえずオレンジジュースを飲むか。ブロンシェは何がしたい？」

「そうですねぇ。昼間は暑くなるので……あ、宿にサーカスの案内がありました。あれが気になります」

「じゃあ行ってみるか」

　残念ながらゆっくりできたのはこの日の夜まででした。

「ふぇぇん」

「喧《やかま》しい。帰れ」

「えぐっ。酷くない？　プロポーズに失敗した俺のガラスのハートをさらに抉るなんて」

「自分でガラスのハートとか言うな。夜中に人の部屋に押し掛ける時点で十分図太い」

目の前には床に正座しているフロスト王子。彼はなぜか給仕の服を着て、ぐちゃぐちゃになった薔薇《ばら》の花束が彼の周りに散乱しています。これ、片付けるの嫌なんですけど……。

「そもそもなんですぐプロポーズになるんだ。文通しかしていないのに」

「だってぇ……エレーナ嬢が予定より早く到着したって聞いたから……他の王子たちと会ったら競争に出遅れるじゃん」

「何と戦ってるんだ。あと、だってぇと語尾を伸ばすな。対外的に婚約者がいるんだからいきなりプロポーズしなくても大丈夫だっただろう」

海辺を散歩して朝ご飯を食べて（オレンジジュース付き）、サーカスを見に行って、海の見えるレストランでランチ。その後は本屋巡りをして宿の部屋でディナー、今はアシュフォード様と二人で買った本を読み漁っていたところでした。

奇跡的なくらい休暇らしい休暇だったんです。フロスト王子が部屋にやってくるまでは。

「大体なんで私たちの部屋が分かったんだ」

「友達がここに勤務してるんだ。あと、リゾート施設にも友達が勤務してて。薔薇の花束も用意してくれたし、給仕として潜り込ませてくれたんだ」

　この国にプライバシーなどないのでしょうか。というか王子、ヘタレなのに友達多いですね。あまりのヘタレさに母性本能がくすぐられるんでしょうか。

「で、エレーナ嬢の反応は？」

「悲鳴上げてたから逃げてきたよ」

　逃げないでくださいよ……。エレーナ様、あなたのこと白豚だと思ってるんですから。

「お前は本当にヘタレだな。母親の腹の中からやり直せ」

　アシュフォード様の深い深いため息が部屋に響いています。ブランドン様やエドエド殿下とは違った方向でめんどくさい王子です。あ、ブランドン様は可愛いです。

「まぁいい。これからどうするつもりだ？」

「いやぁ……どうしたらいいか分かんなくって……来ちゃった。名乗って挨拶しただけで悲鳴上げられるほど嫌われてたのかもしれないし……」

　来ちゃったって可愛く言ってもダメですから。

「じゃあ毎日プロポーズしろ。エレーナ嬢の滞在は一週間ほどだな。明日から三日通ってプロポーズして、二日間は休みだ。そして最終日はまたプロポーズに行け」

「え、どゆこと？　なんで二日休むの？　毎日じゃなくて？」

　こちらが不安になるくらい素直ですね……この王子。

「押してダメなら引くのは恋愛の基本だ。よほど生理的に無理な男からのプロポーズ以外は嬉しいはずだ。きっとエレーナ嬢は今日眠る時もお前のことを考えるだろう。三日間通って急に来なくなったら驚くはずだ。そして不安になる。もしかしたらもう自分には興味がなくなったのではないかと。そこで自分の胸の高鳴りを自覚する。そこが狙い目だ。普通ならこれでうまくいく」

「ふぇぇ、スゴイ！　恋愛マイスター？」

「知らん。ブロンシェ、こんな感じで有効だと思うか？」

「はい、大丈夫です。明日からはちょっとずつ会話を増やすといいですよ」

「そうだな。相手のことを知らないということは不安と警戒心を煽る。適度に会話するように。おそらくフロスト王子かどうか疑われているだろうから文通していた内容でも喋れ。あと、明日はまず驚かせたことへの謝罪だな」

「すごい！　いけそうな気がする！　もしかしてアッシュもそうやって彼女と婚約したの？」

　いつの間にかアシュフォード様をアッシュ呼び。大丈夫なのかしら、この王子。王子というより庶民っぽいです。さらっと馴れ初め聞いてくるあたりが怖いです。スパイ向きでしょうか。

「私はお前みたいな失敗などしない」

「かっこいい！　ブラックジャックみたい！」

「相変わらずカードゲームの話か。頭の中は花園じゃなくて賭け事のみなのか」

「違う違う！　天才外科医の話！」

「前世ネタはよく分からん」

　泣きながら現れたフロスト王子は薔薇を片付けてスキップしながら出ていきました。薔薇を片付けてくれたのだけは良かったです。単純すぎる王族だけど大丈夫なのかしら。

昼は観光、夜はヘタレ……じゃなかったフロスト王子の愚痴聞き。意外とそれほど悪いことばかりでもないのです。フロスト王子は穴場スポットをよく知っていました。

「あー、あの店ね。ガイドブックには載ってて有名だけど、すぐ近くの通りの店の方が美味しいし安いよ。肥料からこだわってる野菜使ってるからさぁ」

「なるほど、ガイドブックに載っているのは宣伝に金をかけている店か」

「評判はお金で買えるからね。あとは花火が上がる日があるんだ。綺麗だよ。みんな川辺に集まるけど高いところから見た方が綺麗に見えるかな。展望レストランなんかだと虫もこないし」

ガイドさんですかと聞きたくなるほどよく知っています。

「今日は遅かったがエレーナ嬢とはいろいろ話せたのか」

初めて会った日から連日フロスト王子の襲撃に遭っていますからね……私たち。

観劇の後、帰ろうとして馬車の中で御者の恰好をしたフロスト王子が待っていた時には本気で驚きました。この人、スパイや探偵の方が向いてるんじゃないですかね……。そう告げると「ジェームズ・ボンドとか？　コナンかな？　でもやっぱり王道のシャーロック・ホームズだよねぇ。でも俺はモリアーティ派！」と嬉しそうにされちゃいました。何を言っているかさっぱり分かりませんでした。

そのため、今日はもう諦めてあの怪しい酒場に来ています。どこにいてもこの王子、来そうなので。

「うん。やっと顔と名前が一致して信用してもらえた感じ。でもさぁ……いいのかなぁ、エレーナ嬢、婚約者いるんでしょ？」

「初日にプロポーズかましておいて何を今更ひよってるんだ」

確かに。激しく同意。何を今更気にしているのでしょうか。

「いやぁ……会話の中で婚約者の話が出てくるとなんだかね……現実突き付けられた気分になるよね」

「あっちだって浮気してるんだ。女性だけ浮気したらいけないなんて不公平だろう」

「アッシュ、すごーい！　それこそ男女平等だね」

ほんとに単純ですね、この王子。

「お前はプロポーズまでしてるんだからそこでヘタレるな。九十九回失敗しても最後の一回で相手が頷けば成功だ。ヘタレだろうが、白豚だろうが、育ちの良い牛だろうが、意思を貫いた者の勝ちだ。そしてそれがお前の価値になる」

アシュフォード様、毒舌から熱血系にいつから転向されたんですか。ヘタレ王子はやる気になってるからいいですけど。この方、ブランドン様みたいに鈍感じゃないからこの方法がいいのかもしれませんね。

「でもエレーナ嬢、洗脳されてるっぽいよね。だから不満があっても最後の最後で踏み出せない印象だなぁ」

「子供の頃から教育と称して王家の観念を植え付けられていればそれもそうだが。あれは男が苦手で信用できないんだろう」

「ラノベだと魅了かなぁ？って思ったりもしたけど。男性がかけられてるイメージがあるけどさ、女性がかけられるのもアリだよねぇ。でもこの世界、魔法ないし……やっぱり洗脳だよねぇ」

「らのべが何かは分からないが……前世の記憶では洗脳はどうやって解くんだ？」

「自分で解くしかないよ～。他人に解いてもらったらその人の洗脳に今度はかかっちゃうからね。洗脳されたくなかったら自分で頑張って解くしかないんだ」

「泣き言ばかりなのにたまにはいいこと言うんだな。秒で後悔させられるかと思った。洗脳だろうと思い込みだろうと結局は同じだな」

　この会話をしながら強面軍団もポーカーをやっています。ぶっちぎりでアシュフォード様が強いです。

「兄貴の初恋の相手だもんなぁ。相手にもう婚約者がいるって切ないな」

「お貴族様でなければ、邪魔な婚約者に変な壺買わせて破産させるのに……」

「俺だったら禁止薬物を相手の家に仕込んどいて、冤罪《えんざい》でしょっぴくな」

「俺だって殺して農場に埋めたらバレないし！」

「いや、それならうち肉屋だし。解体は任せろ」

　強面軍団はまずい方向にやる気になっていました。

「まさか船の上で花火を見ることになるとはな」

「びっくりですよねぇ」

花火が上がるとヘタレ王子から聞いていたその日。音楽を楽しみながら花火を鑑賞する船上パーティーのチケットを二枚くれたのです。

「あいつも気が利くな」

「ええ」

チケットをくれた王子を思い出します。「ごめん〜、こんなのがあったの忘れてた！　だってほら、俺は『彼女いない歴＝年齢』だからさぁ」なんて言っていました。伝手《つて》で手に入れてくれたようです。この伝手、違うところで存分に発揮したら外交に有利なのに。

船の上にはいかにもお金持ってますという雰囲気のカップル・夫婦がドレスアップして集結しています。楽団もいてこのチケットはきっとお高いはず。

「あいつの前世の記憶よりもあのフレンドリーさと人脈の方が怖いな」

「確かに。だからエレーナ様と婚約させてこの国から出そうとしてるんですよね？」

「そうだな。利用価値はかなりある」

「でも王子ですし……エレーナ様がプロポーズに頷いても出国できるものなんですかね？」

「貿易関連の交渉で何とかなる。あとあの王子、知り合いの知り合いの彼氏が担当部署の文官らしくてな、すでに出国の手続きは済ませてたぞ。案外根回しなんていらないかもしれない」

「えぇ……ヘタレなのにそこだけは早い」

運ばれてくるコース料理を堪能しつつ、夕暮れに染まる海を見つめます。アシュフォード様との会話は全くロマンチックではありませんが、シチュエーションは完全にロマンチックです。

デザートにはアイスクリーム。

「アイスクリームって本当に美味しいですよね」

「食べすぎない限りは美味いな」

「頭キーンってなりますね」

ディナーが終わると、楽団の演奏が始まりました。

船上なのでスペースの関係で優雅にステップを踏むようなダンスではなく、皆密着して音楽に合わせて揺れるようなダンスをしています。

うーん、ヘタレ王子がこれにエレーナ様を誘ったらよかったのにとも思いましたけど、これは無理ですね。あんなに密着して踊れるとは思えないもの。

「私たちも踊るか」

「あ、はい」

アシュフォード様が流れるように手を差し出してきたので、考え事をしながらうっかり返事をしてしまいました。

座っていた時は照明の関係で暗くて見えなかったのですが、ダンスの集団の中に入るとみんなイチャついています。踊ると言うより抱き着いて、うわぁ……キスしている人たちもいます。

アシュフォード様の手は私の腰に回り、もう片方の手はしっかり繋いでいる状態。周囲のイチャつきぶりが気まずくてアシュフォード様の肩にそっと額を寄せます。

「やっと婚約者らしい時間が過ごせたな」

ちょっと気の抜けたアシュフォード様の声。いつもの気を張った冷たい声と違って甘えたようにも聞こえるこの声が実は結構好きなのは誰にも言っていません。

「もしかして気にしてました？」

最近忙しかったですから。

「ジゼル嬢たちは私たちのお膳立てで婚約したのに、いつの間にか私たちより人気が出ていてむかついていた」

「え、そこですか？」

気にしてたのはそこですか？

「あぁ、学園の推しカップル投票ではぶっちぎりで一位をキープしたかったのに」

「え、そんなのあるんですか。知りませんでした」

「ある。裏で非公式だが。この前数票差で負けていた。これほど悔しいことはない。父に提案した案が却下された時よりも悔しい」

いや、そこまで悔しがらなくてもいいのでは……。どうして学園のカップル投票と宰相への国家レベルの提案が同等なの。

「私はブロンシェと学生の青春生活を楽しむために行かなくてもいい学園に入っているんだ。学園でしか経験できないことは貴重だ。だから卒業パーティーで婚約破棄なんてあのアホ王子にさせるわけがない。三曲は踊りたいからな。一度しかない私たちの卒業パーティーを台無しにはさせない。パーティーまでに穏便に潰したいからと最近は仕事を入れすぎたな」

　そうでした。そういえば入学前にそんなお話ししました。

　アシュフォード様なら在籍だけして試験のみ受けに来ればいい学力で、さらに言えば余裕で飛び級して卒業もできたはずです。

　アシュフォード様はいつも理路整然としていて冷静なのに、たまにびっくりするような理由で行動しますね。

　ちょうど花火が始まって、そばで歓声が上がります。

「わぁ、綺麗ですねぇ」

「あぁ」

　花火が途切れたところで顎にそっと手がかかります。誘導されてアシュフォード様を見上げると、キスが降ってきました。

　スキンシップに慣れてきたとはいえ、唇が離れた後どんな顔をしていいのか分かりません。あたりは暗くなっていますが、この距離では頬が赤くなっていたらアシュフォード様にはバレるでしょうし……。

　唇をとんがらせて悩んでいると、また麗しい顔が近づいてきます。む、アシュフォード様、ちょっと笑ってますね。

「別に一位じゃなくても大丈夫ですよ。ちゃんと幸せですから」

　唇が離れた後、早口で伝えますがやはり恥ずかしくてアシュフォード様の肩に顔をうずめます。服がシワになっても知らないとばかりに片手で服も掴んでおきます。

「そうか。でも忙しすぎるのは良くないな」

「ふふ。今回は旅行に連れてきてもらって嬉しかったです」

　異国の雰囲気でしょうか。それともこのロマンチックな状況のせいでしょうか。いつもは恥ずかしくて言えない言葉が口から出てきます。あ、これ以上キスされたら恥ずかしくて身がもたないから喋ってるところもあるかもしれません。

「なら良かった」

　腰をさらに抱き寄せられて上を向かされ、またキスが降ってきました。むぅ、今日は密室ではないのにキスの回数が多いです。デザートで出たアイスクリームのイチゴの味がしました。


「はぁぁ、もう一日中ゲームしてたい。『モンスターハンター』とか……なんだっけ、あれ『くたばれ！　どうぶつの森』だっけ？　それとも『逃げ出せ？　どうぶつの森』だっけ？」

「なんだ、その物騒な名前のげぇむとやらは」

　エレーナ様に明確な返事をもらえなかったフロスト王子は、ブツブツ言いながらポーカーを続けます。それしても『くたばれ！　どうぶつの森』って何ですか。狩り？　気になります。

「そんなに拗ねなくていいだろう。『あなたなんか嫌い。視界に入らないで』と言われたわけじゃないんだ」

「う~ん……でもさぁ……こう、不完全燃焼な感じがヤダ」

「『婚約者がいるから、まだあなたにちゃんと返事ができない』だったか？　もうイエスみたいなものじゃないか」

「でもぉ、イエスって言われたわけじゃないし……」

すごいです、この王子。でもぉの言い方が女子っぽくて絶妙に鼻につきます。

「お前がうちの国に来てまたプロポーズすればいいだろ。まだ五回くらいしかプロポーズしてないんだ。あと九十五回くらいしても大丈夫だ」

百回は既定路線なのでしょうか……。アシュフォード様は一回しかしませんでしたよね、いや気にしてはないんですよ。でも、百回ってちょっと。

「うぅーん、先は長いなぁ」

「うちに泊めてやるから死ぬ気で木に登れ。いつでも出国できるだろう」

うぅーんとフロスト王子は手札を投げ出して唸っています。相変わらずの負けっぷり。

「でもさぁ、アッシュって頭良さそうなのになんでこんな回りくどいことしてるの？　俺じゃなくてもさ、エレーナ嬢にはもっとイイ相手いるでしょ？　アッシュの国に有益になりそうな奴と無理矢理婚約させることなんてアッシュの家の権力とかアッシュの頭ならできるんじゃない？　そもそも公爵家なんだからいい相手すぐ見つかるって」

ヘタレで自己評価が低い割になかなか鋭いです。確かにアシュフォード様ならできそうな気もしますが……というかできたら怖すぎなのですが……。それにしても、もっと回りくどくないシンプルな方法はありそうなものです。何でしょうか、このアシュフォード様らしくない違和感。

　私も気になってアシュフォード様に視線を向けるとアシュフォード様はそっと手札を置きました。

「政略で全部うまくいくわけじゃないし、無理矢理くっつけて離婚しない保証はない。政略でうまくいくなら、あのアホ王子は浮気なんてしないはず、そして政略結婚した夫婦がお互い愛人を囲っているなんてことはないはずだ。つまり男と女の場合、一＋一は二じゃない。恋愛と結婚は唯一、非論理的な部分だ」

　アシュフォード様、それは私と同い年の人が言っていいセリフではないと思うのですが……。奥さん亡くした後に浮名を流しまくった偉い男性が死ぬ間際にやっぱり奥さんを愛していたと気づいて言いそうなセリフです。

「男と女の場合、一＋一が二になるのか、ゼロになるのか、それともマイナス百やプラス百になるのか。それは分からない。それなら、無理矢理に政略でくっつけるよりも好ましく想っている相手の方がいいだろう」

「へぇー、アッシュっていろいろ考えてるんだな！」

「私とブロンシェも政略は全く関係ないからな」

　そこで流れるように私の手を取ってキスする必要はないと思いますぅ……。しかし、フロスト王子は目をキラキラさせていました。恋の話をしている女性のようなノリです。

「俺、頑張るよ！」

「あぁ、頑張れ。過度な期待はしてないが低い木くらいは登ってくれ」

ここで二人が固く握手を交わすべきシーンなのでしょうが、現実はフロスト王子が無理矢理アシュフォード様の手を握りぶんぶん上下に振り回していました。

＊　＊　＊

エレーナ様から遅れること数日。私たちは久しぶりの休暇を終えて帰国の途につきました。

帰ってから早速ジゼル様にお土産を渡しに行ったのですが……。

「ジゼルったら、みんなに会えなくて寂しかったのか変な方向に走ってるの。会ってみてくれないかしら？」

ダフ侯爵夫人に相談され、案内されるとそこには――。

「おほほ。こんなまっずい紅茶なんて豚でも飲みませんことよ！　淹れなおし！」

メイド服の少女相手に高笑いするジゼル様。

どこからどう見ても、いつものジゼル様なのですが。

「早くやり直していらっしゃい」

ジゼル様に言われたメイド服の少女は悔しそうに唇を噛み締め、一礼してポットを持って下がります。

侯爵家のメイドがあんなに表情を出すなんて……相当な新人なのでしょうか？

ジゼル様にお土産を渡していると、さっきのメイドが戻ってきました。表情は相変わらずですが、所作はまぁまぁ。言ってしまえば、所作はなんとか形になっているのに表情が取り繕えていないのです。そのチグハグさが目を引いています。

気になってじーっとメイドを見ていると、私はあることに気づきました。

「あれ、この方……あの時の」

「相談女か。なんでここにいる？」

私の声にアシュフォード様の声が被さります。

そう、長期休暇前にいじめられているとやってきた、相談女ことメアリ・ハーパーさんです。

「偶然拾ったのよ」

「拾われてません！　ほとんど脅しだったじゃないですか！」

「拾ったのか、物好きだな。早く元の場所に返してこい。ネコちゃんの方が千倍可愛いぞ」

アシュフォード様は相談女の言葉をさらっと流しています。

「うふふ。だってお出かけしたらみっともないご令嬢が歩いていてね。どこのご令嬢かと思ったら見覚えがあるじゃない」

「え、なんでそれで拾って帰るんですか？」

メアリさんは後ろで紅茶を注ぎながらキィキィ言っていますが、無視してジゼル様と話します。

「こんなにみっともないご令嬢が高位貴族の妻の座を狙おうだなんて。百年早いから教えてあげようと。金持ちの老人のところに嫁がされそうだと言うから、その話は潰してあげたんだけど」

「えぇっと、つまり暇つぶしですか？」

「そうとも言えるわね。だってあなたたち、オルグランデ王国でよろしくやっていたんでしょ？　ブランドンは教育で忙しくてほとんどお父様と一緒だし、私は一人で寂しいじゃない」

　メイドの恰好をさせていろいろマナーやらを叩き込んでいるようです。

　ダフ侯爵夫人も心配するでしょう。よく分からないご令嬢を突然拾ってきて調教しているんですから。私はジゼル様が異性（ブランドン様）の調教にしか興味がないのかと思っていましたが、女性もいけるのですね。もうホントに家庭教師になっちゃえばいいのに。

　というか、「私一人で寂しい」ってサラッと言ってるけどこれはデレのモードなのでしょうか？

「道理で。所作と表情がちぐはぐだと思いました」

「でしょう？　まだまだよね。高位貴族の妻になれば簡単に贅沢できると思ってたみたいだから現実を教えてあげているのよ。宝石のついたドレスや豪華なネックレスを着けさせたけど、重くて全然優雅に歩けていないし。本当に見ていられないほど酷かったわ。勉強もイマイチだし、所作も壊滅的。こんなんでよく玉の輿狙おうとしたわよね」

「うぅ……まさかあんなに重いなんて……」

「鏡を見て現実を思い知っていたわね」

　メアリはキィキィ言いながらも、ちゃんと紅茶を淹れています。

他人が着ているのを見たら羨ましいばかりですが、宝石や刺繍のあるドレスは重いし、ネックレスなども豪華になると単体で重いのです。着て立っているだけでも重いのに、そこから優雅に動くことはさらに難しくそんな中で食事をしたり、会話やダンスをしたりしないといけないのです。着慣れていないと到底無理でしょう。

憧れのドレスを着て動きながら鏡を見たら、非常にみっともなかったという感じでしょうか。

「それに、この子。ちょうどいいと思わない？」

ジゼル様は輝かんばかりの笑顔で怖いです。

私とアシュフォード様がジゼル様の言葉を受け、メアリさんを観察していると彼女は「お菓子を持ってきます！」とダッシュで出ていってしまいました。アシュフォード様にじっくり見られたら萎縮しますね。

それに、あの健脚では良いところの令嬢には絶対見えません。

「何をするつもりなんだ？　猿を令嬢にする慈善事業でも始めたのか？」

アシュフォード様、旅行での疲れはもうないんですかね。キレッキレの毒舌。

「あの子、わりと綺麗な顔してるでしょ。第一王子のタイプよ。背丈はないけど根性はあるし、使えると思うのよね」

「ハニートラップ要員にするのか？」

「えぇ、楽しそうでしょ。今は王子が一時的に珍獣の女子生徒を気に入っているだけ、なんて親世代は考えてるんでしょうけど……王子が婚約者を差し置いて複数の女子生徒に気が向いているならそれは問題になるはずよ」

「お前の家も含めて第一王子派の勢力は相当そいだつもりなんだがな」

ソウデスネ……。基本的にやったのはアシュフォード様のお父様とお母様ですけど。あの情報戦、恐ろしいです。あのお二人、第一王子の学園での様子をアシュフォード様から報告されて動いたんですよねぇ。他家よりも動きが相当早いです。

学園での殿下の様子をお茶会あるいは、仕事の合間の世間話で喋るとか……これはまだまだ軽い方。それにしても、自分の子供から学園の様子を聞くよりも、他人から聞いた方が各家の行動が早いとは皮肉です……。

「それはそうね。でもまだまだじゃない？　第二王子を王太子にすると発表されないもの。このままじゃ、卒業パーティーで婚約破棄なんてこともあり得るわ。困るのよ、私、卒業パーティーではブランドンとキャッキャウフフしたいし、しっかり踊りたいんだもの！　邪魔者は排除しとかないとね！　婚約破棄しないにしてもあの王子が恋人と踊っているだけで空気が悪いもの！」

ジゼル様、あなたもですか……。しかも、自分の卒業パーティーを安寧にするために邪魔者（第一王子）を排除しようとするなんて……いくら婚約破棄があれほどの件数あったといいましても。

「あの猿でいけるのか？」

「いけるわ。淑女にしちゃったら殿下のタイプから外れるじゃない。ああいうあざといタイプがいいのよ」

「でもカミラさんって怖そうなので、痴情のもつれになりませんかね？」

「それこそいいじゃない。学園での痴情のもつれで王子が怪我したり、誰かが怪我したりしたら必ず問題になるわ」

「口は軽くないのか？」

「あの子の家、借金が結構あるのよ。だから金持ち老人の後妻にされそうだったし。だから借金さえ何とかなるならやるわよ。あとは良い嫁ぎ先かしらね」

　メアリさんを使うにしても、バレても痛くないようにしてあるのでしょう。


「で、どうだったの？　旅行は」

　話し合いが一段落するとジゼル様は身を乗り出してきます。目が好奇心で輝いているので話すまで帰してくれないでしょう。

「面白かったですよ。あの国は暑いので慣れるまでは大変でしたが、その分アイスクリームも美味しいですし。海も綺麗でした」

「私、暑いのは苦手なのよ。でも観光に力を入れている国だから楽しそうね」

「そうですね。有名なお店もたくさんありました。船上でディナーを楽しみながら花火を鑑賞もしましたよ」

「あらそれはロマンチックだわ。私もブランドンと……」

　ジゼル様はそこまで言ってハッと顔を赤らめ口をつぐみます。

うん、絶対ブランドン様と行きたいって思いましたね。でも言わないってことはデレのモードはここまでしょうか。

「ブランドン様とデートはされたんですか？」

「えぇ、ピクニックに行ったり」

「ほぅほぅ」

「ショッピングに付き合ってもらったり、遠乗りにも出かけたりしたわね」

結構出かけてますね。どこが「私、一人で寂しい」なのでしょうか。

「仲がよろしくて何よりです」

「でもお父様の方がブランドンと圧倒的に長い時間一緒にいるのよ。やれ教育だ、稽古だって。ずるいわよね」

「教育が落ち着いたらもっと一緒にいられるんじゃないんですか？」

「でも今しかできないことってあるじゃない。あなたたちみたいに長期休暇で他国に行くとか。学生の時くらいじゃない、ゆっくりそんな風にできるの。卒業したら仕事関係で他国に行くくらいしかできないわ」

「いや、うーん。ゆっくりは確かにできましたが……観光できたのは夕方までで。夜はヘタレ王子に捕まってましたし。あれがなければ買った本を最後まで読めたんですが」

「夜は優雅に読書なのね～。アシュフォードは真面目な顔して読んでそうだけど、ブランドンは寝ちゃうわね」

むしろ、ブランドン様は腹筋をしているのでは。

「議論しながら読書しますよ。それで気づいたら寝落ちです」

「あぁ、アシュフォードっぽいわ。ん？」

「ん？」

「まさか寝落ちしたら一緒に寝るわけ？」

「え？　そもそも同じ部屋なので一緒に寝ますよ？」

「は？」

「え？」

「旅行先でい、一緒のへ……部屋なわけ？」

「はい。だってその方が護衛も楽ですし。ベッドは別ですよ」

「あ、当たり前じゃない！　ていうか婚約中の男女が、い……一緒の部屋とか！　破廉恥でふしだらよ！」

「そうなんですかね？　ハウザー公爵夫人にはこれが普通だと言われて婚約した小さい頃から領地に行った際は同じお部屋なのですが」

「はぁぁ？　んなわけないわよ！　ふしだらよ！」

ジゼル様は顔を真っ赤にして反論します。大体、表現が破廉恥かふしだらですね。

「公爵邸にはお泊まりしないのに領地では同室だなんて！」

「だって、公爵邸だと馬車を目撃されちゃうじゃないですか。いろいろウワサされるのは恥ずかしいですよ。領地は婚約者同士で視察と称して旅行に行くじゃないですか」

「そういう問題じゃないわよ！」

「ガーディアンクラブに筋肉をコソコソ見に行っていた奴に言われたくないな」

優雅に紅茶を飲んでいたアシュフォード様、火に油を注がない方が……。

「あれは神聖なる肉体美を見に行っていたのよ！　芸術鑑賞よ」

「神聖なものを見に行くなら堂々と行けばいいだろうが。親にも内緒にせず。コソコソとストラップを持っているから分かる人間にはバレるんだ」

「むぅぅ、お父様が反対するのは分かりきったことだもの。それに最近はクラブに行ってないわ」

え、行ってないんですか？　もったいないです。あのクラブはたしか年会費取られるじゃないですか。

「ふぅん。ブランドンという婚約者ができたからもうクラブに行っていないのか。同室で泊まりたいならそう言えばいいじゃないか」

「誰もそうは言っていないわよ！」

「結婚したら同室なんだ。あんまりツンツンしすぎるとブランドンにも逃げられるぞ。鞭で殺すなよ。先行投資が回収できない」

ジゼル様とアシュフォード様の言い争いは、ブランドン様が勉強を終えて会いに来るまで続きました。

＊　＊　＊

「あれは大した猿だな。女優か？」

「私の目に狂いはなかったわね」

いや、ジゼル様は脅しただけでは……。

「かめれおん？」

「あら、ブランドン。カメレオンって良い事言うじゃない」

私たちの視線の先にはわざと転んでエドエド殿下に助け起こされるメアリさんがいます。私たちはわざと転んだと分かっていますが、知らなければ本当に躓《つまず》いて転んだように見える演技です。

「あの子、嫌がってた割に結構ノリノリじゃない」

「そりゃあ、嫁ぎ先や借金返済がかかってますから……」

「いや、あれは楽しんでるだろう。案外ギャンブル好きなのかもな」

メアリさんは助け起こされ、今度は顔をしかめてその場にまた蹲まりました。足を挫《くじ》いた設定のようです。このまま、保健室へGOでしょうか。それしても顔をしかめる演技も大変うまいです。本当に挫いたのではと思わせるほどの顔芸です。

メアリさんがハニートラップ要員のようなことをする前にこんなやり取りがありました。

「なんでアタシが王子に色目使わないといけないんですか！」

　メアリさん、いじめの相談に来た時は「私」って言ってたのに……。頑張ってネコ被ってたんですね。

「あら、あなた高位貴族を狙っていたじゃない。トップを狙えるわよ？」

「えぇぇ……いくらお金持ちでもあんな事故物件っぽいのは狙いませんよぅ。あのカミラさんって人もなんかヤバそうだし……」

　殿下を事故物件扱いなんですか……それはそれでこの子大物です。

「バカだから扱いやすいかもよ」

「バカほど何しでかすか分からないんですよぉ。アタシだってそのくらいは弁えてます！　だから背伸びしても狙えるのは侯爵家くらいかなって」

「あら、うちだって侯爵家よ。マナーでも何でもあんな無様な姿をさらしておいて侯爵家くらいなんてよく言えたものね。あなた、歩き方からなってないし、食事のマナーも酷かったわよ。そんなんで綺麗なドレス着たいとか大きなアクセサリー着けたいとか、美味しいフルコース食べたいなんて甘いのよ。頭にチョコレートでも詰まってんの？」

　ジゼル様怖い、普通に怖いです。あと、口調がメアリさんに合わせて乱れてらっしゃいますよ。いつかのアシュフォード様の毒舌も真似ていらっしゃるし。

「うぅぅぅ……それはアタシがあまりにも無知だったっていうか……ドレスがあんなに重いなんて知らなかったし！　お料理もマナーばっかり指摘されて全然味しなかったし！　伯爵家くらい

にしとけば良かった！」

「『侯爵家くらい』とか『伯爵家くらい』ってこの女はさっきから何様なんだ？」

　アシュフォード様、気持ちは分かりますがそこ気にしていたら話が進みません。

「爵位が上にいくほど責任も重たくなるのよ。夫人の責任もね。でも、今回は別に本気で殿下を落とす必要はないわ。殿下があなたを気にするように仕向ければいいのよ。あなたは男爵令嬢で、殿下に逆らえなかっただけってことにできるわ。ところで、あなた。田舎暮らしはできそう？」

「へ？　田舎？　アタシは元々田舎出身なので何の問題もないのですが……」

「辺境にちょうどいい嫁ぎ先があるわ。優良物件なんだけど王都から遠いからなかなか婚約が決まらなかったのよ。あなたよりも五歳年上でがっしりした男よ。うちの親戚で子爵家だけど、いいと思うわ。その男は大胆で勇敢で根性のある可愛い女性がタイプなのよ。細かいマナーとか口うるさく言う男じゃないわ。姿絵はこれよ」

　根性と殿下にハニートラップって関係ないのでは？

　それに姿絵を見る限り、この人ジゼル様の好みじゃないですか？　筋肉質です。

「うまくいけば紹介してあげるわ。あなたの領地の財政を立て直す専門家も派遣できるし。変な老人に嫁がされそうになったらその話は潰してあげる」

　メアリさんは姿絵を見ながら唸っていましたが、最終的に頷いてしまいました。そして現在に至るのです。

　メアリさんはエドエド殿下に抱えられて保健室のある方向へ向かっていきました。

＊＊＊

ハウザー公爵邸では、賑やかな声が響いていました。

「きゃあ‼　これって可愛いわね！」

「次は違う色でも試しますか？」

「う〜ん、でもぉドレスがピンクだし。やっぱりピンク系がいいわ！　ピンク大好きなの」

「じゃあピンクを塗って乾いてから白い花も描くのってどうですか？　ドレスとも合いそうなんで。それに公爵夫人の可憐な雰囲気にも合いますよ」

「えぇ！　フーちゃん、そんなことができるのぉ！　すごいわぁ。やってやって。ダーリン、これ買ってもいい？」

キャッキャ、キャッキャ。

どこの女子会？と思うなかれ。公爵邸のお高いソファでキャッキャしているのはハウザー公爵夫人とフロスト王子です。公爵のことをダーリンと呼べるのはハウザー公爵夫人だけです。初見だとこの方がアシュフォード様の母親かと驚きますが、こういう人なんだと分かったら慣れます。

すでにフロスト王子のことを「フーちゃん」と呼んでいる公爵夫人。私も最初会った時「ブーちゃん」って呼ばれましたしね……あれは「息子の婚約者としては認めていない」って意思表示かと思ったけれど、まさか公爵夫人の愛情表現とは……。

オルグランデ王国で流行《はや》り始めている爪への化粧、ネイル用品をフロスト王子は持ってきてせっせとハウザー公爵夫人に施しています。

「素敵だわぁ！　ねぇ、ダーリンもやってみない？」

「男性なら爪を綺麗に見せるのに透明な色を塗ってみるのもいいですね。指が綺麗に見えると好印象なので」

ハウザー公爵夫人は喜ぶどころかはしゃぎすぎていませんか。その横にはそんな妻を見て嬉しそうにしているハウザー公爵。最初こそ妻の手に他の男が触れることに不穏な空気を醸し出していましたが、今は喜ぶ妻を見て稀に見るレベルでご満悦です。それにしてもアシュフォード様はお父様に生き写しですね。

「では、すべて買おう」

「ダーリン、ありがとう‼」

「毎度～。じゃあ商会に連絡しときますね」

フロスト王子、あなた一体何しに来たんですか。商人ですか。毎度って王子が言いますか？

「ダーリン、むしろ商会ごとうちの国に来てもらえない？」

「それはいい考えだ」

盛り上がっています。というか打ち解けるの早っ。話がすぐ大きくなってます。

あれから数週間後にフロスト王子はハウザー公爵邸へとやってきて、早々に公爵夫人の心を掴んでいらっしゃる。アシュフォード様のお母様である公爵夫人はチョロそうに見えて、結構厄介な人なのです。しかし、今日はチョロい気がしますね。

　アシュフォード様と私は、やたら盛り上がる公爵夫人とフロスト王子の様子を「ヨカッタデスネ～」とばかりに微笑みながら黙って見ることしかできませんでした。アシュフォード様はお母様であるハウザー公爵夫人とは大して会話しません。いつも公爵夫人が一方的に喋っていますね。

　アシュフォード様も珍しくちょっと笑っていましたが、その笑みはなんだか寂しそうに見えました。


　メアリさんからは報告の手紙が届きます。

　テンション高めのお手紙なので紹介しますね。「殿下に誘ってもらって学園の食堂で一番高いメニュー奢《おご》ってもらいましたぁ！　美味しかった‼　お肉がすぐ切れるんですけど‼」という喜びと食欲に満ち溢れた報告。

　他には「カミラさん、思ってた人と違いました！　とってもいい人です！　仲良くしてくれます！　『王子を好きな者同士、仲良くしましょ』だって！」という首をかしげそうになる報告。

　たまに「今日は伯爵令嬢さんに注意されました！　殿下と仲良くしすぎだって。でも、ちゃんと『殿下に誘われたら男爵令嬢の私では断れません』って涙目で言っときました！　家名は忘れました」という元気の良い報告。

「あいつはいつも靴底でも食べてたのか？　学園の食堂の一番高いメニューの肉は大して良くないぞ」

アシュフォード様は呆れていますが、意外とメアリさんはノリノリで元気なようです。

カミラさんともメアリさんとも親密な様子の殿下の評判は確実に落ちていっていました。カミラさんだけだった時よりも殿下への生徒たちの視線が厳しいです。たまに「羨ましい」みたいな視線も一部混じっていますが。

アシュフォード様が殿下に苦言を呈することも効果があるのでしょう。

「殿下、さすがに色ボケがすぎるのではないでしょうか」

王子に対して色ボケって言えるのすごいですよ、アシュフォード様。

「学園で友人といる自由くらいあるだろう」

「複数の女子生徒といつも一緒にいるのは色ボケではないのですか」

「いつもではない。授業はクラスが別だからちゃんと別々に受けている」

「授業を受けるのは当たり前です。婚約者がいらっしゃるのにそれでは」

なぜか私もこの言い合いの現場に巻き込まれるのは勘弁してほしいのですが。

エドワード殿下の視線が私の方に向きました。

「お前は家格の釣り合わない令嬢でも無理に婚約者にしたというのに。俺には小言ばかりだな」

エドワード殿下いやエドエド殿下と呼びましょう、フンと少しだけ小馬鹿にしたような笑いまでつけてきました。釣り合わないのは重々承知ですから、そんな風に言われても私は特に反論しないんですけどね。

「恋愛結婚できるなどお前が羨ましい。恵まれた立場で自由のない俺に指図をするな」

目撃している他の生徒たちの方が当事者たちよりも緊張している昼休みの中庭。エドエド殿下は腕にカミラさんを引っ付けて私たちに背中を向けました。こう見ると、カミラさんって背が高いんですね。メアリさんはいません。食堂で待ち合わせでしょうか。

「では、こちらの手紙だけ渡しておきます。これ以上は殿下の大嫌いな指図はしませんので」

以前、もうだいぶ前ですが。その時のようにアシュフォード様は封筒を差し出します。あの時みたいに王妃様からのお手紙でしょうか。

殿下は振り返って汚いものでも触るように封筒を受け取り、すぐその場で封を切りました。

「ブロンシェ、行こう。また時間をムダにした」

最後まで毒舌を吐くアシュフォード様に手を引かれてその場を後にします。

何とはなしに振り返ると、エドエド殿下は封筒を手にこちらを見て愉快そうに笑っていました。

「メアリさんはなんだかんだでうまくやっていますね」

「元々相談女だったわけだし、うまくやるでしょ。最初は友達いないアピールやらみんなと仲良くなれないアピールやらしたみたいよ」

「それは残念ながら事実ですね……」

メアリさん、友達いなそうでしたからね。はっ、まさかジゼル様はその共通点で気にかけていらっしゃる？　私はアシュフォード様ではないので、口には出しません。

「そうよね。でも結果的にあのアホ殿下の評判が落ちてよかったわ。婚約者以外の一人の女性に目を向けているのは火遊びだとかって許されて、ハーレムもどき作ろうとしたら皆許さないなんて意味分かんないわよね～。私なら婚約者以外と一緒にいる時から許さないわよ、皆遅いのよ」

ハウザー公爵邸のソファで自宅のようにくつろぐジゼル様。

今日はジゼル様とブランドン様がハウザー公爵邸に遊びに来ているのです。

「それにしても臭うわね」

「え？　私、ガーリックは食べていませんが……」

ジゼル様が顔をしかめる様子に私は思わず口を押えます。

「違うわよ、香水やガーリックの臭いじゃなくて」

「なくて？」

「ヘタレの臭いがするわ」

ビシッとジゼル様が指差す方にはハウザー公爵夫人にネイルをするフロスト王子がいらっしゃいます。

「ヘタレって臭いがするんですか？」

「するわよ、当たり前でしょ。こんなに臭うのに」

数日放置した生肉が目の前にあるかのようにジゼル様は臭いと主張。

「というかあれ、白豚じゃないじゃないのよ」

「えぇ、それはもう私たちもびっくりです」

「ヘタレモヤシじゃないの。いや、ヘタレ白アスパラ？」

容姿に対する喩えが秀逸すぎて吹き出さなかった私を褒めてほしいです。見た目に関する毒舌ならアシュフォード様より酷いです。

「ヘタレが嫌いなら、ジゼル様はネイルはやめておきますか？」

「嫌よ、するわよ。気になるじゃない。アシュフォードはあなたにしかやらないから、やり方を覚えるまではあのヘタレ白アスパラにやってもらうしかないわ。ブランドンは不器用だもの」

ヘタレは嫌いだけどネイルは気になるんですね。

ちなみにブランドン様はすでにフロスト王子と仲良くなっています。フロスト王子の横で「フーちゃん、すごいね～」なんて無邪気な笑みを浮かべているのですから。

「それにしてもアシュフォードは手先も器用ね。あのヘタレにあなたの指先でさえ触らせたくないという執念も見えるけど」

ジゼル様は私の手を取ってマジマジと爪を観察します。私の爪にはアシュフォード様の髪と目を思わせるシルバーとブルーのツートンカラーが施されていました。もちろん、ネイルをしたのはアシュフォード様。フロスト王子がやっていたのを見様見真似で覚えたようです。

「独占欲の塊よね。あいつらしいけど。私の色とブランドンの色でゴールドとブラウンにしてもらおうかしら」

「お互いの髪の色ですね。いいですねぇ」

ヘタレ白アスパラなんて酷いことを言っていますが、ブランドン様のことを話すジゼル様は嬉しそうです。彼女はウキウキ楽しそうにヘタレ白アスパラ……じゃなかったフロスト王子のところへ歩いていきます。いや、ブランドン様のところへ行ったんでしょうね。

「ねぇ～、ブロンシェちゃん」

ジゼル様とたくさんお喋りしていたので紅茶を飲んでいると、後ろから急に声をかけられました。振り返らなくても分かる、この甘い花のような香りと可愛らしい声はハウザー公爵夫人しかあり得ません。この方、いつも気配を感じさせずに背後に立つからそれだけはやめてほしいです。毎回心臓に悪いんです。

「わ、今日も可愛いですね」

ハウザー公爵夫人の爪は綺麗なピンクのグラデーションになっていました。

「ふふふ、でしょでしょ」

口に手を当てて笑う姿はまるで少女。最初に会った時から時が止まっているのかと疑うほど変わりません。将来、義母になるなんて全く思えませんね。

ちなみに本日、アシュフォード様とハウザー公爵は不在です。ハウザー公爵が執務中か不在でない限り、ハウザー公爵夫人が私に構うことはありません。ハウザー公爵が夫人にべったりだからです。

「ねぇ、ブロンシェちゃん」

急に夫人が距離を詰めてきて息を吐くとかかってしまいそうな距離になります。

「アッシュちゃんはねぇ、見た目はダーリンに似たんだけど。中身は残念ながら私に似ちゃったのよぉ」

「え、は……い……？」

いきなりどうしたんでしょうか。ちょっとだけ身構えながら夫人の次の言葉を待ちます。

「だからダーリンみたいに冷酷になりきれないのよぉ。いろいろ考えちゃって。人が気づかないところまで気づいちゃって。私としてはアッシュちゃんのそこが可愛いんだけど～」

アシュフォード様は十分冷酷だと思うのですが……まさかこれはアシュフォード様の話ではなく、単なる自画自賛でしょうか。だってアシュフォード様との婚約が決まった後、私をいじめてきたご令嬢たちにアシュフォード様、容赦などなかったのです。

夫人が急に抱き着いてきました。花の香りが強くなります。この方の言動はいつも唐突で突飛で話が通じているのか怪しいです。

私の頭の中では、アマリリス・ハウザーによって引き起こされた事件簿がザザーッと流れていました。それほどまでに彼女は有名で、過去でも現在でもこの方は本当に不思議な人なのです。

「だからねぇ、ブロンシェちゃん。ブロンシェちゃんはアッシュちゃんを見捨てないでね～」

夫人の掌《てのひら》が私の頬を撫でます。いつも自分の話がメインである夫人の意外な言葉に目を瞬かせながら、私は頷きました。

# 第四章　私の婚約者様は隠し事をしている

オルグランデ王国から帰国した直後のことだ。

アシュフォード・ハウザーにも緊張する瞬間はある。父のいる執務室に向かう今がその時だ。

別に婚約者であるブロンシェにキスしようとしているわけではない。もちろんそういった瞬間も緊張するが、この緊張はキスの時とは全く違う。

喉元に刃物を突き付けられているような。背中に刃物を入れられているような。とにかく失敗が許されない、負けられない戦争に赴く兵士の気分だ。

「随分《ずいぶん》と悠長に進めているな、アシュフォード」

現ハウザー公爵であり、アシュフォードの父であるライナス・ハウザーは優雅にイスに座って冷たく笑った。本人としては楽しくて笑っているのかもしれないが、嘲笑にしか見えない。

そして、ブロンシェはこの父親とアシュフォードがそっくりだと言う。確かに外見は恐ろしいほど似ているとアシュフォード自身も思うが、決して口にすることはない。

「結果は出しております」

自分の唾を飲みこむ音が聞こえる。

「ふん。この前の集まりで過半数が第二王子を支持した。チマチマとした動きでもなんとかなったな」

「あなたのように性急に事を進めると反感を買います。あなたを反面教師にしたのがあのチマチマとしたやり方です」

父や父上と気軽に呼べるような関係性はない。家族だが家族とは感じられない。

アシュフォードはいつも「家族」と聞くと薄い氷が張った池を連想する。少し触ると簡単にヒビが入って割れてしまうような。

「生意気を言うようになったじゃないか」

家族とは感じられないが、アシュフォードは父の悪影響は確実に受けている。父が宰相になってから強引に推し進めた政策の弊害、つまり他の貴族たちからの不満はアシュフォードや婚約者であるブロンシェに向いたからだ。今でこそ落ち着いているが子供の頃からお茶会で嫌味攻撃はもちろんのこと、酷い時には毒を盛られたり、刺客を向けられたりしていた。

「しかも学園で面白い事をしたじゃないか」

ジゼル嬢発案のハニートラップのことを言っているのだろう。

「第二王子の支持が過半数になっても陛下が王太子の指名をされるような雰囲気がありません。第一王子に大きな傷でもなければいけないのかと」

「確かにな。王妃も陛下もあの息子に甘い」

どうやら今回は叱責されないようだ。文句があるならとっくに言われているはずだ。

世間話の延長のようにネチネチお小言が降ってくるだけなら、父としてはアシュフォードのやっていることに特筆すべき不満はないのだろう。

「他になければこれで。オルグランデ王国の王子がこの国にいらっしゃるので、うちに泊まる許可が欲しいのですが」

「あの役に立たない前世持ちか」

ライナス・ハウザーはイスに深く腰掛けて考え事をするように目を瞑る。

オルグランデ王国でのことは密偵から連絡が行っている上に、アシュフォードもきちんと報告している。

「あの国では冷遇されていたので役立たずかどうかはまだ分かりません。それにハベル公爵家に恩を売るのにいいかと。あとは化粧品を土産に持ってきてくれるそうなので母上が喜ぶでしょう」

「泊まることを許可しよう」

オルグランデ王国の化粧品はパッケージが非常に美しい。ブロンシェのアドバイスで母に買って帰ったが、今までで一番喜んでいた。あの母はいつでもどこでも楽しそうで理解不能なのだが。

父が許可を出したのは母が喜ぶからだ。それ以外に理由はない。

「そういえば、オルグランデに行く前にお前の出した貿易関連の案は修正して出しておいた。細かい部分は入れたが本筋は変わらずあれで通りそうだ」

「そうですか」

オルグランデ王国に向かう前に父に出していたのは貿易案だ。フロスト王子を迎え入れても我が国には現在大して旨みがない。側室が生んだ王子なのでハベル公爵家の力が落ちて喜ぶ貴族はいるだろうが。だから、最初にか細い糸を張っておいた。うまくいけば王子を迎え入れる際にさらに太い糸になるだろう。

「オルグランデは隣国ではなく大して目立ったものもなかったが。輸出先は多いに越したことはない」

「そうですね」

「次は修正の要らない案を持ってくることだ。あれではまだまだ詰めが甘い」

父から解放されて執務室を出て少し歩いたところで、アシュフォードはやっと息ができた。

「疲れた……」

十分にも満たない会話なのにそんな独り言が出てしまう。父と話すだけで毎回こうだ。これが普通でないことは重々分かっている。ずっと試されている。それは別にいい。

ただ、何をしてもどうせ認めてもらえない。そんな思いが子供の時からずっと拭えない。父が興味を示すのは母と仕事のことだけ。アシュフォードは褒められたことも心配されたこともない。しかし、求められる水準は高い。それでも父に一度でも認められたいと努力し続ける自分がとても愚かに思える時がある。

「……疲れた……」

もう一度そんなセリフをこぼしながら、母と一緒に待っているブロンシェのところへ向かった。

学園ではエドワード殿下に人目があるところで苦言を呈した。最近は猿、じゃなかったメアリとかいう令嬢とよく一緒にいるからだ。もちろんカミラとかいうのと一緒にいる時もある。

父は学園での事態を静観だ。ただ、学園での動向はしっかりと利用する。

王子が婚約者ではない女性を侍らせていることなんてすぐに茶会で話題になっていた。


「あら～、アッシュちゃん。お疲れ～」

ブロンシェと母のいるサロンに入ると、薄いピンク色の塊に抱きしめられた。

ゲンナリし始めたところでやっとその塊が離れる。

「今ね、ブロンシェちゃんにお土産の感想を言っていたところなの！　このパック、とっても良いのよ～。お肌がツヤツヤするし、私って乾燥肌でしょう？　あれを使ったら乾燥しなくって～」

乾燥肌なんて知らんと言いたくなるがそんなことを言えばメソメソ泣き出してめんどくさい。

間延びした喋り方に、名前に「ちゃん」付け。逆立ちしても公爵夫人には見えない。いつもピンクのドレスを好んで身に着ける。それがアシュフォードの母アマリリス・ハウザーである。

「フロスト王子に頼んでおきます」

「きゃあ！　アッシュちゃん、さすが分かる男ねぇ～。ありがとう！」

小さい頃はどこの母親もこんな感じなのかと思っていた。

しかし、お茶会などに参加してみて自分の母親は相当特殊な部類なのだと分かった。

「じゃあアッシュちゃんの用事も終わったみたいだしぃ。ダーリンのところに行ってくるわね～」

子供を産んだとは思えないほど幼げな見た目の母は、上機嫌で父の執務室に向かっていく。

花屋が開けそうなほど頭の中に年中花が咲き乱れている母と冷静沈着そして冷酷無比な父が恋愛結婚だなんて。これ以上に驚くことなんて世界にはないのではないだろうか。

母が残したフローラルな香りの中を歩いて、ブロンシェの座るソファに腰掛けた。

「母の相手は疲れただろう」

「いいえ。とても楽しかったですよ。お土産の化粧品がお気に召したみたいで」

母のことだから空気を読まず喋り倒していたのだろう。考えただけで頭痛がする。

あの人の精神年齢は三～五歳を永遠にループしているのではないだろうか。周囲を思わず笑顔にさせる無邪気さと、空気を読まずとんでもないことを言い放つ残酷さが同居している。父にはそれが堪《たま》らなく愛おしいようだ。

父は「うちには一つくらい弱点がないと余計恨まれそうだからな」などと言う。母は弱点というよりも予測不能の爆発物だ。

何も言わずにブロンシェの膝をめがけてさっさと寝っ転がる。最初の頃はビクリとブロンシェの体が跳ねていたが、今はそんなことはない。しょうがないなぁという顔で髪を梳いたり、頭を撫でたりしてくれる。

そういえば以前、父も母に膝枕してもらっていた。今も執務室でしてもらっているのかもしれない。想像は……したくない。

ハウザー公爵家としては何の旨みもないブロンシェと婚約したいと父に言いに行った時。あの時、父は珍しく笑った。今日のように含みのある笑い方ではなく。

あの時なんと言われたんだったか。別に覚えておく必要もないのに、物覚えがやたら良い自分の頭は瞬時に該当する記憶を探し出した。

そうだ。「お前も私と似たところがあるのだな」と言われたんだった。そして「本を読んで勉強ばかりかと思っていたが、人間らしいところがあってよかったな」と続いた。

あの時は婚約できることが嬉しくて深く考えなかったが、今なら何となく意味が分かる。自分と同じだと笑っていたのだ。

「もうすぐフロスト王子が来る」

「そうですねぇ、早いですよね。早くエレーナ様に会いたいのかもしれません」

「鉄は熱いうちに打てと伝えてあるからな」

「フロスト王子ってブランドン様と気が合うと思いません？」

「ブランドンとも母とも気が合いそうだ。面倒だな」

三人とも系統は違うが、気が合う予感がする。面倒くささが三倍になるのか？　いや十倍か？

「こちらに滞在されるんですから公爵夫人と気が合うならいいですね。ジゼル様はああいったヘタレな方は嫌いそうですから」

あぁ、でもフロスト王子と母の気が合えば王子にとってはこれ以上ないほど強い味方になるな。

「確かに。あいつなら王子を調教しそうだ」

第一王子のことは調教しないようだが。調教してくれていたらいろいろ楽だったのに。そういえば、あいつはブランドンと出会ってから調教に目覚めたのか？　気に入った男しか調教しないのかと思ったら変な猿も拾っていた。これだから女心はよく分からない。

　調教の様子を想像したのかブロンシェがふふっと笑う。その可愛らしい様子を黙って眺めていると「え、鼻毛でも出てますか？」とアワアワして鼻を隠した。

「ブロンシェ、ずっと一緒にいよう」

「えぇ！　どうしたんですか、急に」

「あの日も言っただろう」

　彼女と出会った日にも「ずっと一緒にいよう」と言おうとした。今思い返せば不審極まりない。

「アシュフォード様が私に飽きなかったらずっと一緒ですよ」

「じゃあ心配ないな」

　目をそっと閉じる。

　明日からの学園での動向を考える。「寝ちゃうんですか？」というブロンシェの声が聞こえたが、先ほどまでの緊張が解けたこととブロンシェから伝わる温かさですぐ眠りに落ちてしまった。

「王太子は第二王子であるルーシャンとする」

　国王がそう宣言した時、アシュフォードはこっそり安堵《あんど》の息を吐いた。

「やっと王太子が決まったか」

「やはりハベル公爵令嬢をないがしろにした第一王子はさすがに」

「それどころか今から複数の女性を侍らせるような方は無理だろう」

「幼い頃は聡明だと思っていたが、学園での成績も良くないとは。国政は絶望的だ」

　集められた貴族たちはそんなことを口にしている。

「第一王子殿下のお姿が見えませんが、どちらにいらっしゃるのでしょうか？」

　発言の許可を求めたうえでハウザー公爵が質問する。

　第二王子はこの場にいるのに、第一王子はいないのだ。

「王太子の件を伝えたら暴れたので自室にて謹慎させている」

　国王の隣で王妃は珍しく青い顔だ。目をかけていた第一王子だけに母親としての心境は複雑なのだろう。王妃の様子を見て、アシュフォードは自分の親との違いを突き付けられた苦々しい気分になる。

　貴族たちの間からは失笑のような声が漏れた。

「第一王子には西の領地を与え、一代限りの公爵位を授ける」

　国が管理している西の領地は貧しい土地で、誰も欲しがらない。贅沢はもうできないだろう。

「第一王子エドワードとハベル公爵家エレーナ嬢との婚約は、ハベル公爵家からの申し出もあり解消となった。エレーナ嬢の新しい婚約については後日発表する」

エドワードはハベル公爵家に婿入りするのかと考えていた一部の貴族たちからは驚きの声が上がり、婿入り先としてハベル公爵家を狙っていた貴族たちはもうすでに新しい婚約が決まっているのかと不満そうな顔だ。

でも、終わった。やっと終わった。

正しかったのだろうか。エドワードのあのグダグダな計画でもやり通したことは。

ルーシャン第二王子はバカではないと聞が、エドワードとは年が離れていてどう成長していくか不安は残る。五年ほど経てば分かるだろうか、この瞬間の自分が正しかったのかどうか。

月日は流れており、学園の卒業パーティーまであと四か月というところだった。

＊　＊　＊

暗くて寒々しい廊下を歩く。

アシュフォードは一人である人のところに会いに来ていた。

人の気配がなく、コツコツという自分の靴音だけが空間に反響する。掃除が行き届いていない部分があるのか若干埃っぽい。

やがて明かりが漏れる部屋にたどり着いた。

「随分ぬるい方法だったじゃないか、アシュフォード」

「あなたもぬるいやり方だったではないですか。打ち合わせもほとんどしなかったくせに私の提案はすべて却下して。仕方なくあなたに合わせたんですよ」

「どうせハウザー公爵みたいなやり方はしないだろ？　ああいう強引で軋轢《あつれき》を生むやり方、お前は嫌いだろう。そこは信用していた」

　そこに広がっていたのは、先ほどまでの寒々しい廊下とは違う水色。

「それに、仕方ないだろう。税金を無駄に使うわけにもいかないし、婚約破棄を叫んで女性を貶めるわけにもいかない。やりすぎると幽閉されて日の目を見られなくなるしな。婚約者費用を他に使ったように見せかけたり、成績を落としたり、男爵令嬢を侍らせたりしたのに、あの国王がチンタラして決断しないからな。まさか父親があんなに優柔不断だとは思わなかった」

「私の提案した方法ならもっと早く決着がついたでしょう。ハベル公爵家の派閥のいくつかの家に尊い犠牲になっていただくのをあなたが拒否するからです」

「俺の問題だからな。巻き込むのは最小限でいい」

「巻き込むなど。そもそも後ろ暗いことを証拠を掴まれる程度の頭でやっている家に問題があるのでは？」

「容赦がないな。俺はきれいごとだけじゃ生きていけない。清流じゃなく濁った川でないと」

「何を感傷に浸っていいこと言ってるんですか。カミラ嬢はしっかり巻き込んでおいて」

「カミラにはすべてではないが説明してあった。それでいいということだったし、利害の一致ってやつだ」

　よく晴れた青空のような水色のペンキを壁に塗りながら、第一王子だったエドワードは淡々と話す。長時間ペンキ塗りをしているらしく、彼の手や顔はペンキで汚れていた。

　少し前まで王子だった人物には見えないが、王宮や学園で見たどの瞬間よりも彼は楽しそうだ。

「お前の妨害もなかなかだったな。ブランドンもジゼル嬢も絡んでくるとは面白い。仲間でも集めて何か企んでいるのか」

「私があのくらい妨害しないと他の者が黙っていませんから。何もしないことこそが不自然だったでしょう。そもそも一方的に今回の計画を話すだけ話して、無理矢理片棒を担がせたくせに」

「結局お前は協力してくれたじゃないか」

　悪びれた様子のないエドワードを見て、自然にため息が出た。

「あれほど両陛下が決断しなかったのは、あなたのことを可愛く思っていたんでしょう」

「可愛い、ねぇ。可愛がるだけが愛なのか」

　不本意そうにエドワードは鼻を鳴らす。

「金関連でダメならやはり女性関係で効果があったな。メアリ・ハーパーが決め手だったとも言える。彼女はダフ侯爵令嬢がなんとか嫁ぎ先を見つけるんだろう?」

「ええ。辺境の親戚を紹介するそうですよ」

「あの令嬢は素直だからなぁ。辺境でのびのびするのがいいだろう。俺のそばにいた影響が少なくて良かった」

「彼女からするとあなたはイイ肉を奢ってくれるイイ人だそうですよ」

「ははは。確かにいい食いっぷりだったな」

「エレーナ嬢も無事、フロスト王子殿下と婚約しました」

「それは良かったな。あいつはあの王子から手紙が来た時だけは本気で嬉しそうだった」

「それほどエレーナ嬢のことを気にかけていらっしゃったとは知りませんでした」

「長い期間婚約していたら大体分かるだろう。幼馴染みたいなものだ。それに、エレーナは他力本願で被害者意識が強いから面倒なんだよ。ずっと恨まれたままではおちおち眠れない」

「あぁ、雰囲気だけは公爵令嬢ですからね。中身はその辺の男爵令嬢と変わりません」

　言い方は突き放すようなのに、エレーナのことを語るエドワードの表情は少し柔らかい。

「学園にはもう通われないんですか？　国王も学園に行くなとまでは言わなかったでしょう」

「すべきことは終わった。ちゃんと計画通りに王太子にならず、この僻地《へきち》に追放のような処分になったんだ。万が一、ボロが出てバレる前に与えられた領地に引っ込んでおいた方がいいだろう。それにこの城は改装のしがいがある。ペンキ塗りは意外と楽しい」

　ノックの後にメイドが入ってくる。エドワードは温められたタオルを受け取って、顔や手を拭いた。

「まぁ、立ち話もなんだ。茶でも飲んでいけ。高級な茶ではないがな」

「ありがとうございます。カミラ嬢もお久しぶりです」

「はい。お口に合うか分かりませんがお茶をどうぞ」

　メイド服を着たカミラは学園にいた時のようなアホ丸出しの喋り方はしていない。しかもメイクを相当変えているようでパッと見てもカミラだとは分からないだろう。彼女は上品な仕草で紅茶をサーブする。

「学園ではお見事でしたね」

「ご令嬢たちに絡まなかったのが良かったんだと思います。絡んでいたらすぐ追い出されてたと思いますよ」

あははと大口を開けて笑うカミラ。笑い方は学園での彼女と同じだ。

「うまくいって良かったです。正直、どっかの物語みたいに処罰されちゃうかとヒヤヒヤしてましたから。グレーゾーンを狙うのはなかなか難しいですけど、殿下のおかげですかね。私も男爵家から無事出られたんで」

「カミラ嬢は今後どうされるので？」

「こいつは元々女優志望だからな。他国に行かせるさ。オルグランデ王国なんてどうだ？　発音も近いし、文法もそこまで難しくない。娯楽もたくさんある」

「公爵家と取引のある商会の馬車に乗って他国に行けるよう手配できます」

「まぁまぁ。殿下もアシュフォード様もそんなにすぐ私を追い出したいんですか？」

今度は冗談ぽくカミラはコロコロと笑う。

「あまり早く追い出すのも良くないから、計画通り半年から一年後くらいにな。言葉を勉強する時間もいるだろう」

「ふふっ。でも、私が出ていったら殿下は惚れた男爵令嬢にも捨てられた王子になってしまいますよ？　真実の愛は嘘だったとか言われませんか？」

「おい。元からそういう話だったじゃないか。お前だって願望通り男爵家から出られたんだ。俺を利用できるだけ利用してあとはしぶとく好きに生きるといい」

「じゃあ出ていくまでに殿下にお料理を教えてさし上げます」

「料理だけはなぁ。料理本を読んでもさっぱり分からん。なんだ、あの『塩を少々』の『少々』って。どのくらいなんだ？　あと切り方が全く分からん。全部みじん切りでいいか？」

「あら～。時間がかかりそうですね。お茶が冷めてしまいますので、この話は後にしましょう？」

　カミラは笑うと、頭を下げて部屋を出ていく。

　アシュフォードはその背中を見送ってから紅茶に口をつけた。

「カミラ嬢は学園の時と別人ですね」

「女優志望だからな。楽しんでたぞ、頭の軽いヒロイン気質の令嬢役を。カミラを見ていたらメアリ・ハーパーの演技なんぞ、見え見えでお子ちゃまだな」

「あれはあれで自分に酔っているようでしたが……」

「あぁ、確かにな。あれほど長期間人を欺くのはカミラがいないとできなかった」

　一瞬だけエドワードとアシュフォードの間に沈黙が降りる。

「お前、今日は婚約者と一緒ではないんだな。珍しい。よもや今回の件を言っていないのか？　あれだけベタベタと一緒にいるんだ。そんなことはないだろう？　あぁ、ひょっとしてこの城が汚そうだから連れてこなかったのか？　それなら悪かったな」

エドワードの問いにアシュフォードは薄く笑った。

「ブロンシェに話すわけがないでしょう」

「は？　まさか本当に話していないのか⁉　今回のことを全く？　嘘だろう？　俺は婚約者には内緒にしろなんて言ってないぞ」

「話せるわけがないではないですか。あなたの計画を聞いたあの瞬間からこんな重荷をブロンシェに背負わせることなんて考えてもいません」

「いや、その……あれだ。一部だけ話すとかいうこともできるだろう」

「一部だけ話してもいつか勘づいてしまうかもしれないでしょう。なら、何も知らない方が幸せだ。バレても罪には問われない」

「いやそうは言ってもだな。女は隠し事をされるのが嫌いだろう？」

「なぜいきなり主語が大きくなるんですか。大体、私だって知ってから一週間は悩んでろくに寝られなかったんです。ブロンシェにそんな思いはさせたくない。あなただってエレーナ嬢には話さなかったでしょう」

「エレーナは人形だ。自分の意思をきちんと持っていない。物事の裏も読めない。信用もできない。だから言わなかった。お前が言わなかった理由とは違う」

「殿下はエレーナ嬢が大切ではなかったということですか？　幼馴染だと言ったその口で最低ですね」

「人を鬼畜みたいに言うな。哀れだから言わなかっただけだ。王妃に感じていることと一緒だ。

あまりに哀れだろう。王子の婚約者にされて、その王子が国王と王妃の子供ではないだなんて」

「なんだ、そんな理由ですか」

「俺は弱虫なんだ。派手に婚約破棄をして幽閉されて毒杯を仰ぐ勇気もなければ、すべてに目を瞑って王太子になる未来も選べない。だからこうして逃げてきた。お前だって分かっているだろう。あのヘタレなフロスト王子の方がよっぽど勇敢だよ」

　今度はエドワードが自嘲気味に笑った。

　アシュフォードが差し出した封筒をエドワードがその場で見たら計画続行。その場で見なかったら保留。二人で決めていたとても簡素な合図。

　アシュフォードは内心、封筒をこの場で見ないでくれと何度も願った。その度にエドワードは躊躇《ためら》いなく破って封筒の中身を見る。そう、あの思い切りの良さには思わず笑った。毎回迷っていた自分の方がよっぽど弱虫だ。

「殿下はどう見ても国王陛下にそっくりですよ。えぇ、それはもう嫌になるくらい瓜二つです。自分が王妃の子供ではなく、国王の秘密の恋人の子供だからとくよくよ悩んでこんなことをしなくても良かったのに」

「俺も知りたくなかったさ。公務で孤児院に付いていったときに、あの精神的におかしくなった女性が乗り込んでこなかったらな。全部知らないままのうのうと生きてただろうな。でも、全部調べてしまった」

「陛下に問いただしたわけでもないのに。親子のコミュニケーションはどうしたんですか？」

「お前は自分の父親に聞けるのか？　愛人との子供ですかって？　まぁ、ハウザー公爵ならあり得ないよな。普段のあの夫婦の様子を見ていたら」

「母親を人間かと疑ったことは多々ありますが、あれが両親ではないんじゃないかとは残念ながら疑ったことはありません」

「お前も大概だな」

「父のような強引で傲慢なやり方は嫌いで、母のように話が通じないのも嫌いです。カミラ嬢の演技を見るに、殿下はそういうのがお好きかもしれませんが」

　アシュフォードの嫌味は華麗にスルーされた。

「しかし、本当に意外だな。婚約者とあれだけベタベタと一緒にいたのに何も話していなかったのか」

「はい。仕事なんか始めたら一緒に時間を過ごせないでしょう。学園でしかできない経験でした」

「そうだが……。というかお前、俺が婚約者のことを言及した途端ムキになりすぎだろう」

「そうでしょうか」

「そうだ。授業以外のほとんどの時間を婚約者といつも一緒にいるから少しくらいカミラに時間を割け、とわざと演技で指摘した時に目で殺されそうだったぞ」

　アシュフォードは軽く首を捻《ひね》り、何となくいつのことかを思い出した。

「そういえばカミラがこう言っていた。お前みたいなクールぶって仕事もデキる男は家では好きな女に膝枕してもらって、ごろにゃん甘えているに違いないと。そうじゃないと心のバランスがとれないらしいな」

「近いですね。ごろにゃんはしていませんが」

「おい、ちょっとは頬を染めるとかしろ。言ってるこっちが恥ずかしいわ！」

「秘密を抱えていることに押しつぶされそうな時は、よくブロンシェに甘えてましたね」

「あー、カミラの言っていた通りか。どうせ『捨てないでくれ』とか言っていたんだろう。捨てられそうになったら逃がす気もないくせに」

「そりゃあそうでしょう。ブロンシェはこの世にただ一人ですから。見たところ殿下とカミラ嬢はそのような関係ではないのですね」

「当たり前だ。戦友みたいなものだな」

「卒業パーティーはどうされるんですか？」

「行くわけないだろう。金も時間ももったいない」

「左様ですか」

　長居するといろいろ勘ぐられるだろうから、とアシュフォードは紅茶を飲みほして立ち上がる。エドワードは同意するように頷いた。

「本当にいいのか、アシュフォード。婚約者に黙ったままで。お前は普通の家庭が望みなんだろう？　こんな大きな秘密を妻になる人に打ち明けず保持しているのは普通の家庭じゃないだろ」

　扉に手をかけようとしたところで背中にエドワードの言葉が投げかけられた。

「王妃の子供が実は死産で、俺がすり替えられた愛人の子供だからという理由だけでここまで逃げたんじゃない。この国の上層部が腐っていることはお前もよく知っているはずだ。それでも婚約者に黙ったまま宰相になるのか？　一人ですべて背負って。お前は優しすぎる。お前だって絶対に宰相には向いてない」

　アシュフォードが黙っているとエドワードはそのまま続けた。声を張っているわけではないが、家具がほとんどない空間ではよく響く。

「それは、殿下が流してきた書類で分かっています」

　混ぜ込まれていたエドワードがやるべき公務の書類。あの書類だけで見ても気づかない。アシュフォードの知識や他の情報をもとにしないと分からないからエレーナも気づかない。税金が大して国民のために使われておらず、そしてそれが一部の人間の懐を潤していることに。

「それでも中枢に、王都に残るのか」

「私はブロンシェと笑っている未来を作りたいんですよ。子供たちのためにも。だから、まだ逃げたくないんです。普通とはそういうことです。自分の親の愛を疑うような子供は増えてほしくない。ブロンシェを初めて見た時、眩しかった。それは彼女が明らかに親からの愛を疑っていなかったからです。そして、平気で他人に愛を渡していたからです。私の人生にはない選択肢でしたね。皮肉ですよ、親を拒絶していなかったら親と同じことは平気でできるんです」

　アシュフォードは少しだけ振り返った。エドワードは珍しく苦しげな表情だ。

「あなたは国王のようになりたくなかった。私も父のようには死んでもなりたくない。でも時々父に自分が重なる」

「アシュフォード、死ぬかもしれないぞ」

「分かっています」

「そうか」

エドワードもさすが元王子である。苦しげな表情をすぐに消した。

「もし……もし、お前がヘマをして今回の件が婚約者にバレたら。その時は俺が言い訳してやる。二発くらいなら殴られてやろう」

「それはありがとうございます」

アシュフォードは思わず口角を上げた。

「いつでも逃げてこちらへ堕《お》ちてこい。アシュフォード」

最後の言葉は聞こえていたが返事をせずにアシュフォードは扉を閉めた。


エドワードは真面目すぎた。そして優しすぎた。

確かに調べた結果だけ見れば、自分が王妃の子供ではないと疑うのも無理はない。出産に立ち会った医者と使用人がことごとく辞職。足取りを追うと若くとも皆亡くなっている。

一方で、決定的な証拠なんてなかった。無理矢理エドワードに接触した愛人だってとっくに処分されている。王家の証などないがエドワードは見た目から明らかに国王の子供であるのだから、王太子になっていて何ら問題はなかったのに。これがもし王妃の産んだ、父親の分からない子供だったら国を揺るがす大問題だったが。

疑惑に目を瞑れなかった時点で、エドワードは王族には向いていなかったのかもしれない。年齢的に自分が王太子に任命されそうだと考えて今回の件を仕組んだわけだ。アシュフォードもしっかり巻き込まれてしまった、とある理由から。だから、うちの父親は第一王子を支持する家の勢力を削《そ》いだのだろう。

秘密をずっと一人で抱えて生きていくのは辛い。エドワードの葛藤は理解ができた。おそらく、父も葛藤しているだろう。

うまくやったと思っていた。でも、所詮は若造の考えでしかなかったのだ。うまく辺境に逃げたはずのエドワードはまた王都に舞い戻る運命のもとに生まれていた。そのことをアシュフォードは予想だにしていなかった。

＊　＊　＊

大半のことが終わって無理をしていたツケが回ったのか、アシュフォード様は体調を崩してしまいました。

珍しいほど熱が下がらないので、学園は長期間お休みしています。アシュフォード様は学園に行かなくても全くダメージがないですから安心して休めます。

ハウザー公爵邸に滞在していたフロスト王子はハウザー公爵夫人に気に入られ、エレーナ様とは頻繁に会っていました。オルグランデ王国の商品を取引したいハウザー公爵夫人の後押しもあり、空席になったエレーナ様の婚約者の座に滑り込むことになんとか成功したようです。

　ハベル公爵夫人も化粧品気に入っていましたから。

　エドエド殿下は王太子に任命されないことが決まってから学園には来ていません。一緒にいたカミラさんも同様です。

　メアリさんは「王子からの命令を断れなかった」というアピールを事前にしていたのと、ジゼル様の情報操作により、少々冷たい目で見られるものの逞しく学園に通っています。「ちゃんと勉強して卒業しておかないと貴族の下っ端としても価値がなくなっちゃうんで！」とのことだ。たまに「あのお肉美味しかったぁ。また食べたい」とエドエド殿下とのランチを懐かしく思い出している様子。なかなかの図太さです。

「終わってみるとあっけないですね」

「あぁ」

　アシュフォード様に水を差し出すと、掠れた声が返ってきます。こんなに弱っているアシュフォード様は珍しいです。熱が上がったり、下がったりを繰り返しており、今はやっと熱が下がったところ。今回ももちろん原因は過労です。十代なのに過労って……。

「アシュフォード様の思い通りになりましたか？」

「……そうだな」

　アシュフォード様は発熱の余韻なのか気怠そうに答えます。この問いはこのタイミングでするべきじゃなかったですね。

「手を握ってくれ」

苦しげに息を吐くアシュフォード様手をそっと握りました。

思い通りになったはずなのにアシュフォード様はなんだか寂しそうです。

ジゼル様も「なんだかエドエド殿下がいないと張り合いがないわねぇ。本格的にネコちゃんを飼わないといけないかも」なんてボヤいているから、刺激がないと困るという感じでしょうか。


アシュフォード様の体調が戻り、エレーナ様の新しい婚約が発表されました。

ジゼル様は「私はあんなヘタレは認めない」と怒っていましたが。

誰も予想していなかった他国の王子が婚約者ということで驚きをもって迎えられましたが、二人がずっと文通していたことも周知され概ね歓迎ムードです。ネイルも流行り出していて、お茶会で自慢していたハウザー公爵夫人もご満悦。

そうこうしていると卒業パーティーまであと三か月を切っていました。

＊　＊　＊

エレーナ様のお家、つまりハベル公爵邸にやってきています。

「ねぇ、私たちって来る意味あった？　ないわよね。帰っていいかしら」

「まぁまぁ」

「来なかったらブランドンとデートできたのに」

「まぁまぁ」

　婚約が決まったのにヘタレ王子が「恥ずかしいし、会話がもたないから一緒に来てよぉぉぉぉ」と煩いので、ジゼル様とブランドン様と一緒にお邪魔しています。

　ジゼル様のおっしゃる通り、私たち別に来なくてよかったんじゃねと言いたい雰囲気ですが。口が悪いでしょうか？　別に拗ねてません。

　ハベル公爵夫人も交えて楽しそうに三人で喋っていてエレーナ様なんて微笑んでピンク色の雰囲気ですよ。

　ちなみにフロスト王子はヘタレすぎて、エレーナ様にだけはネイルができないそうです。近づくのが恥ずかしすぎるんだとか。もうそのあたりで草でも食べていてもらっていいですかね、なんてアシュフォード様のようなセリフが口から出そうです。

「そもそもアシュフォードはどうしたのよ。また体調悪いの？　あの悪魔が？」

「エドエド殿下が荒れているようで、様子を見に数日前から行っています」

「あぁ、ウワサは聞いてるわ。処分に不服で領地の城の壁を剥いだとか、穴をあけたとか。付いていったカミラさんだったかしら？　彼女が暴力に怯えているとか。アシュフォードも有能だからって面倒事を押しつけられて大変ねぇ。それに比べてあのヘタレ野郎は平和だこと」

「ヘタレ野郎って……。これから公爵家での教育もスタートしますから大変になりますよ」

「それもそうねぇ。オルグランデ王国との貿易が盛んになる方が益と判断されてすぐ婚約できてよかったわよね。ヘタレのくせに良いところはサラッと持っていくわよね」

ジゼル様はフロスト王子に対しては辛口です。何か恨みでもあるのかというほど、ツンデレのツンしかない、ツンツンのツンです。

「卒業パーティーの衣装の準備は進んでいますか？」

延々とヘタレに対する愚痴が続きそうなので、話題を変えてみます。

「侯爵家の威信にかけて進んでいるわっ！」

「それは良かったです」

ジゼル様は一気にご機嫌になります。ブランドン様とお揃《そろ》いで衣装を仕立てているのが楽しいみたいです。

「あなたもパーティーのためのドレスはとっくにオーダー済みでしょう？　このままだとあの第一王子は不貞腐れて不参加だろうし。平和な卒業パーティー楽しみね！」

「そうですねぇ」

「辛気臭い顔してどうしたのよ？」

「なんだか終わった感じがしなくって。変な感じなんです。これでいいのかなって」

「あぁ、そういえばメアリの婚約の件がまだ終わってなかったわね。今週顔合わせなのよ。それでかしら？」

「……そうでしょうかねぇ」

「メアリの婚約が流れそうな不吉なこと言わないでよ。流れたら次見繕えばいいだけなんだし。あなたも疲れてるんじゃない？　アシュフォードも体調崩していたし、ずっと忙しかったものね。きっと疲れてるのよ。よし帰りましょう。あのヘタレは放っておいて」

　モヤモヤする私に対してジゼル様はハッキリしていました。よっぽど帰りたかったんですね。

　さて、エレーナ様が順調なかたわらで懐かしの相談女メアリさんの顔合わせ第二弾が近づいてきていました。

「この前顔合わせしたならもういいだろう」

「そんなことないわ。初対面なんてみんなネコちゃんどころかトラの皮やオオカミの皮を被ってるものよ。人間、勝負は二回目・三回目からなんだからね！」

「猿がどれだけネコやトラの皮を被ったところで猿のままだ。見抜けない時点でその男もそこまでの男だ」

　やる気のないアシュフォード様を前に力説するジゼル様。ジゼル様の斜め後ろには緊張した様子のメアリさんがいます。

「子爵様は怖くなかったんですか？」

　二人の言い合いが終わらないようなのでメアリさんに声をかけました。この前、ジゼル様の親戚の子爵との顔合わせが終わったところで、ジゼル様はその件でアシュフォード様に頼み事をしている最中です。

「はい、クマさんみたいで安心できる方でした！　すぐ用事があるって辺境に帰っちゃったので今度はアタシが行くんです」

「絵本じゃないんだ。クマは安心できる要素が一つもないだろう。殺されるぞ」

「あら、顔が好みかどうかは重要よ。夫婦ゲンカして相手に腹が立ってうっかり殺しそうになった時に踏みとどまれるかどうかは、顔が好みかどうかで決まるわ」

「そうか、ブランドンの顔がそこまで好みだったとは知らなかった。ベビーフェイスがタイプだったのか」

「そ、そ、そんなことは言ってないわ！」

ぎゃー、メアリさんに話を振ったのにアシュフォード様とジゼル様も参戦してきましたぁ。

「とにかく！　アシュフォードの圧迫面接に耐えられるならどこの家でもやっていけるわよ！　何か気になる点をメアリに聞いてみてよ。向こうが嫌って言ったら婚約はナシになっちゃうんだもの。メアリには協力してもらったでしょう？」

圧迫面接、その通りな気がします。

「はぁ……じゃあそうだな……。どこの保護者も気にすることから聞こう。学園の成績がかなり悪いようだが、一体学園で何を学んでいるんだ？」

「うわぁ、いきなり怖いわぁ」

ジゼル様が私の心の声と同じことを口にします。

「下から数えた方が早いのは突っ込まれるぞ。一度も改善していないしな」

「えっと、借金返済のためにお金持ちの老人に嫁がされそうだったので、お勉強よりもさらに条件の良い婚約者探しを優先させていました！」

「婚約者がいる令息にも相談があると言い寄っていたようだが」

「悪いウワサのあるご老人だったので、なりふり構っていられませんでした！　それに令息のお友達には婚約者がいない場合もありましたし！」

　こればっかりは引っかかる令息も悪いですね。

「第一王子殿下と一緒にいた時期もあるな」

「ええっとですね、第一王子殿下の前で転んだら面白かったのか、それ以降気にかけていただけるようになりまして！　さすがのアタシでも王子殿下にランチに誘われるなどしたらお断りはできませんでした！」

　メアリさん、不利なことでも元気に答えますね。開き直っているブランドン様みたいです。

「成績は悪く、マナーもなっていない、モラルもない。話をしている限り、生まれ持った品性も感じられない。一体何ができるんだ？」

「アシュフォード、怖すぎるわ。私でも震えるんだけど」

　ジゼル様、私も同感です。怖すぎます。

「そうですね、お裁縫も得意ではありませんし……でもポジティブさと体力は誇れます！　寝て起きたら大抵の嫌なことは忘れています。あと、ニンジンの袋なら一人で運べます！」

「よくこんなアホを釣りあげたな」

「ひどっ！」

「まぁ筋は通っているし、辺境ならこのくらい腹芸ができなくてもそれほど社交はないから問題ないんじゃないか。そうだ、ドレスやアクセサリーなんかも王都の人気店のものや流行のものは手にできないが、辺境に嫁いでもいいのか？」

「はいっ！　ドレスやアクセサリーってほんとに重くて！　あれ着て優雅な足さばきで歩くなんてアタシには夢のまた夢です！　お茶会でキャッキャウフフしながら足踏まれるのも嫌です！」

「足を踏まれるくらい日常茶飯事だぞ」

「うぅぅ、それならアタシ、牛や羊を追いかけている方がいいですぅ」

「……その素直さは美徳なんじゃないか？　平民に限りなく近いが」

　ふぅとアシュフォード様は目頭に手を当てながら質問を終えました。

「このくらい想定しておけば大丈夫だろう」

「はぁ、聞いてるこっちが怖かったわ」

「あとは辺境に馴染めるかどうかを見られるだろうから、そのあたりが次の顔合わせでは正念場だろう。一応、相手の領地のことも勉強させておけ。知ったかぶりだけはするな。余計安い女に見られるぞ。ただでさえ地面にめりこむほど評価が低いんだ。余計なことは言うな」

「分かりましたであります！」

　メアリさんは張り切っているご様子。敬語が変ですが、アシュフォード様の圧迫面接？にここまで対応できるなら期待できるでしょう。

「あのアホなポンコツっぷり、ブランドンに似ている」

　ジゼル様とメアリさんが帰った後、私を自分の膝の上に座らせてアシュフォード様は言います。

「ん」と手を伸ばしてきたら膝の上に抱っこ状態だったんです。悲しいかな「ん」で大体予想がついてしまいました。アシュフォード様、今日は膝枕の気分じゃないんですね。

「犬っぽいところが似てましたね」

「あいつはよっぽどブランドンみたいなのが好きなんだな」

「アシュフォード様もブランドン様には少し甘いですよ？」

「ん、そうか？　アホな犬に似ているからな」

「餌をあげていないのに尻尾振って食らいついてくるからですかね」

　圧迫面接のおかげなのか、メアリさんは無事ジゼル様の親戚と婚約しました。

＊　＊　＊

　アシュフォード様は体調が良くなってもぼんやりしていることが増えました。もちろん、ブランドン様のように口が半開きになったり、ヨダレを垂らしたりなんてことはありません。ぼうっと少し遠くを見つめて何かを考えています。エドエド殿下がいなくなってからこういうことが明らかに増えました。

　アシュフォード様はかなり初期から隠し事をしているのでしょう。それくらいは私でも分かります。でも、私は超能力者じゃないですし、アシュフォード様は賢いので彼の頭の中までは分かりません。

　しつこく聞いても答えてくれないだろうし、アシュフォード様が黙っておくと決断しているのなら私は信用するまでです。

「アシュフォード様、そろそろ会場に向かいましょう」

「もうそんな時間か」

　窓の外をぼんやり見ていたアシュフォード様に声をかけると、気怠げな様子でこちらに体を向けてくれます。そのけしからん色気……私より絶対ありますよね。

「ドレス、よく似合っている」

げほっ、不意打ち！　不意打ちされました。鳩尾あたりがくすぐったいです。

「母の勝手なオーダーを阻止できて良かった」

「ピンクは私には無理ですね」

　何を隠そう、公爵夫人はピンクのドレスをオーダーしようとしていたのです。

「ブロンシェちゃんは私の後継者なんだから☆」

だそうです。全く意味が分かりません。一応、結婚すれば次期ハウザー公爵夫人という重い肩書きを継ぎますが、ピンクは引き継げません。私が今着ているのは、メインはブルーで銀糸の刺繍が施されたプリンセスラインのドレス。プリンセスラインだけは公爵夫人が譲りませんでしたが、色は本当にピンクじゃなくて良かったです。

「この教室には世話になったな」

「そうですねぇ。むしろ一番思い出がありますね」

　アシュフォード様はいつも仕事をしていた机をするりと撫でます。

「学園に通うのはブロンシェとの時間以外無駄かと思っていたが、案外愛着は湧くものだ」

「いろいろありましたが、思い通りにいきましたか？　ジゼル様とブランドン様、そしてエレーナ様とフロスト王子の先行投資。あ、エドワード殿下もですかね」

　そう聞くと、アシュフォード様は黙って私を見つめてきました。

「アシュフォード様はいろいろ考えていらっしゃるので詳しくは聞きません。信用しています。アシュフォード様の思い通りならいいんですよ。でも、何かあったらちゃんと言ってください」

　ポケットに手を突っ込み、アシュフォード様は一瞬だけ天井を仰ぎました。アシュフォード様はずっと学生らしくないですが、今日は盛装しているせいか余計に同い年ではないように見えます。

「参ったな」

「はい？　うげっ」

　いきなり抱きしめられたので変な声が出ました。潰れたカエルみたいでしたよね。

「信じてくれるのはブロンシェだけだ」

「そんなことはないですよ。アシュフォード様はみんなから信用されていますよ」

「それは違う。いいように使おうとしたり、寄りかかって乗っかっていいとこどりしたりしようとしているだけだ」

　そうなんですかね？　アシュフォード様は優秀なので多くの人が頼ってしまう気持ちは分かりますが。

「一人に信じてもらえるだけで良かったんだな」

「え、どうしたんですか？」

　アシュフォード様はやっと体を離すと、ポケットに手を入れました。

「パーティーが終わった後渡そうと思っていた」

　何をと言う前にポケットからきらっと光る何かが出てきます。

「オルグランデ王国では婚約段階で指輪を贈るのが流行りらしい」

「結婚の時だけでよくないですか？」

「最初のプロポーズから十年だから、これはけじめだ」

「そういえばあれは七歳の時でしたね。というかアシュフォード様、ロマンチストですね」

　さっさと私の薬指に指輪をはめていますね。なぜかサイズがぴったりなので、いっそ恐ろしいです。またうちの侍女、買収されてるんでしょうか。

「フロスト王子、ちゃんとこういうことやったんでしょうか。エレーナ様、絶対こういうの好きですよ」

「ヘタレだから無理だろう。あいつから情報として聞いたが、別にフロスト王子のことはどうでもいい」

どうでもいい発言に笑って指を眺めます。シンプルな指輪でした。真ん中に埋め込まれているのは小さいサファイヤでしょうか。アシュフォード様の目の色ですね。

「最初の時から想いは変わらない。ずっと一緒にいよう」

セリフも変わらないんですよね。

「あの日、ブロンシェの中に希望を見た」

もうあれから十年ですか。驚きですね。一番驚いているのはうちの両親かもしれません。

十年、アシュフォード様とはたくさんのことを積み上げてきました。信用も信頼も時間も。

「のぞむところですよ」

私の言葉にアシュフォード様は笑いました。あの七歳の時に見たような可愛い笑顔でした。

「あー、やっぱりここにいたのね！」

教室から出ると、ジゼル様とブランドン様が元気よくこちらに手を振って近づいてきました。

もちろん、二人とも盛装しています。

「げ。あなたのドレス、腹黒悪魔の独占欲丸出しの色味じゃないのよ」

「人の事言えないだろう、鞭はどうした」

「いやぁ、アッシュかっこいいねぇ〜」

うん、全員ドレスアップしていてもいつも通りです。ブランドン様がオールバックにしてることが意外なくらいでしょうか。

「エレーナ様は？」

「もうあのヘタレと一緒に会場に入ってたわよ〜。酷いわよね、新しく婚約者ができたら私たちにはもう用はないみたいよ〜」

「いやいや、そんなことはないでしょう」

「浮かれてるのよ」

「そこは否定しません」

「早くホール行こ。お腹空いた〜」

「ブランドンは卒業できてよかったな」

「ほんとによ〜。私のおかげよね。ひれ伏して感謝なさい」

キャッキャと笑いながら私たちは卒業パーティーが行われるホールに向かいます。

今日でもう学生の身分は終わり。これからは学園時代のようにはいかないでしょう。

でもこれまでって、ブランドン様とジゼル様くっつけて、エレーナ様とフロスト王子くっつけて、アシュフォード様とお仕事してたから学生らしくなかったかもしれません。

隣を歩くアシュフォード様の腕にそっと力を込めると、アシュフォード様はこちらを見て微笑んでくれました。

一年後には私たちは結婚します。ジゼル様たちもそうなるでしょう。エレーナ様たちの方が早いかもしれません。

一年後に、私はきっとこう言っているのでしょう。「私の旦那様の毒舌が過ぎる」と。

# 番外編✿私と婚約者様の出会いと軌跡

今日は学園を卒業してから初めてのカフェ女子会です。もちろん、発案・企画はエレーナ様。アシュフォード様の説得に一番時間がかかったそうです。

「これはどういうことですか？　特殊なドレスコードでもあるカフェなんですか？」

エレーナ様のお家に集合してそこからカフェに行く予定だったのですが。

なぜかハベル公爵邸で着替えさせられております。準備万端のジゼル様までいらっしゃいます。

「今日はカフェじゃなくてクラブに行くの。ガーディアンクラブよ。独身最後のパーティーみたいなものね。みんなで楽しみましょ」

いや、エレーナ様。結婚するまで約一年あるから女子会をまだまだする気じゃないですかね。

「そうよ、あなたアシュフォードがべったり一緒にいるせいでブランドン以外の男性と大して喋ってないでしょう？　結婚前にいろんな男性を見ておかないと後悔するわよ」

なんで結婚して十年くらい経った夫人みたいなセリフをジゼル様が口にするのでしょうか？

「ブランドン様は分かりますが、エレーナ様がクラブに行くのフロスト王子はＯＫしたんですか？」

　ブランドン様って「うん、いいよ～」って大抵のことは言いそうですもんね。アシュフォード様の無茶ぶりに慣れていますから。

「フロストは『浮気？　ねぇ浮気しに行くの？　そんな⁉』ってこの世の終わりみたいな顔してたわ」

「今、ブランドンが締め技かけてるわよ」

　物理的に止められてるわけですね。

「アシュフォードにクラブに行くなんて言ったら絶対家から出してくれないわよ。独占欲と執着心の塊なんだから」

「そうよ、アシュフォードって絶対むっつりスケベよね」

　いや、ジゼル様。今、むっつりスケベは関係ないんじゃないですかね。

「ブランドン様は違うなと思うんですが、男性って大体むっつりじゃないんですか？」

　エレーナ様とジゼル様は顔を見合わせます。

「ブランドンは違うわね」

「なんか違うわね……」

　ブランドン様、昼はワンコで、夜は実はすごいんですみたいなタイプかもしれません。でもこれジゼル様に言ったらジゼル様が顔を赤くしてポンコツになるからなぁ、もうちょっと最終兵器的なものとしてこれは取っておきたいです。

「フロストはヘタレよ」

「ヘタレほどむっつりなんじゃない？」

「アシュフォード様はヘタレではないですよ？」

「腹黒もむっつりなのよ」

　変な会話をしていたら私の準備がハベル公爵邸の侍女たちによって終わってしまいました。侍女たちは一切口を開かないのに、素晴らしい連携でした。全部目で会話してたのかしら。

　ジゼル様とエレーナ様はピンクのヒツジストラップを持っています。私も帰る時もらえるらしいのですがもう来る気はないんですけど……。

　夜のショーまで出るとさすがにアシュフォード様にバレるとのことで、ガーディアンクラブでは食事をすることになりました。エレーナ様の前には大量のスイーツ。

　料理を運んでくれるウエイターさんもどこぞの護衛か用心棒かというくらい鍛えていらっしゃいます。よく見たら指が二本ありませんでした。そんなことも気づかせないほどの動きです。

「綺麗なところですねぇ」

「そりゃあ貴族も来るんだもの」

「食事も美味しいのよ」

　そんな会話をしていると、眼帯をしたガタイの良い男性が歩み寄ってきました。これがジゼル様の推しというアニスさんかしら。どことなくダフ侯爵に雰囲気が似ています。なるほど、ジゼル様は本当にファザコンですね。

「私の姫君。最近来られないので寂しかった」

「悪かったわね、忙しかったの」

うやうやしく跪いて指先にキスしています。すごい、これサービスの一環ですか？

ジゼル様も王女様のように答えて……いや、ジゼル様はいつも通りでした。

「今回は綺麗な方々とご一緒ですね」

「友達と来たのよ」

これってアニスさんのキャラ？　それともマニュアル通りの接客なのかしら。すごいわぁ。

「やぁ仔猫ちゃんたち。楽しんでる？」

ジゼル様がアニスさんと喋っていると細マッチョの爽やかな男性が接客に来ました。うん、これはキャラが各々決まってますね。

「はい、ありがとうございます」

男性と目が合ったので、感じが悪くならないよう返事をしておきます。二度と来ないとしてもどこでばったり会うか分からないですから。

その後もいろんな男性が挨拶に来ました。ご飯をゆっくり食べたいのですが。

「お嬢様、どうか美しいあなたから指名を受ける名誉を」

「彼氏とか旦那の愚痴あったら聞くよ～？」

「あら、あなた可愛いわね。ちょっとアタシとお話ししましょ」

「………」

執事キャラや年下キャラ、おねぇキャラ、そして寡黙キャラまでいて個性豊かです。

「ちょっと、あなた。全然会話が弾んでないじゃないのよ！　一体どういうことなの！　ちょっとでもいいなと思える人いないの⁉」

アニスさんとしばらく喋っていたジゼル様が憤慨しています。ジゼル様って私を浮気させようとでも思っているのかしら。

エレーナ様は男性よりもスイーツに夢中。フロスト王子良かったですね、スイーツに浮気されてますよ。

「いやぁ、アシュフォード様を見慣れているので別に……」

「あれを見慣れてたら美の感覚がおかしくなるわね」

「アシュフォードよりも性格のいい男がたくさんいるでしょ！」

「アシュフォード様は話も面白いですし、特には。クラブのみなさんは指名が欲しいだけでしょう？　お世辞がお上手ですよね」

「……やっぱり婚約って縁なのよね……」

「そうみたい。同じものが引き合ってるのね……アシュフォードに付き合える時点で常人の域を超えてるものね……」

「？　どうかしましたか？」

「あなたも変人だってよく分かったところよ。普通、ここに来たらまず舞い上がっちゃうものなんだから。さ、私の奢りだからステーキでも頼みましょ」

「パフェも一緒に頼むわ」

「私は『ガーディアンクラブ特製パーティーラビオリ』が食べたいです」

「げ、あなたってゲテモノ好きね。それ一つだけ激辛が入ってるのよ？」

「はい、分かっています。ちゃんとメニューの説明読みました」

「分かってて頼むとか……さすがアシュフォードの婚約者……」

「そんなことないですよー」

「そういえば、ずっと気になってたんだけどなんでアシュフォードと婚約したわけ？」

「あら、有名な話じゃない。友達いないから知らないの？」

エレーナ様、黙ってスイーツ食べてると思ったら。ジゼル様に爆弾投げ込まないでください。

「アシュフォードがベタぼれなんだから、公爵家のパワー使ったのくらい見たら分かるわよ！」

ジゼル様、煽りに耐えるスキルがほんとにないですね。

「とあるお茶会でアシュフォードが一目ぼれしたのよ。有名よ」

「そのくらいは知ってるわよ！　でも、あいつは一目ぼれするようなタマじゃないでしょう！

絶対に嘘よ」

「あぁ、なるほど。アシュフォード様との馴れ初めですか。それはですね」

「聞いといてなんだけど、あなたももう少し恥じらった方がいいわよ。恨み買うわよ」

＊＊＊

あれはどこのお茶会だったでしょうか。同じ年頃の子供たちと保護者が招かれて、親交を深めるのが目的だった気がします。建前はそれで、本当は婚約者候補とお友達探しだったかもしれません。

私は同い年の女の子たちの会話に退屈してしまっていて、焼き菓子をいくつか取って綺麗なお庭を歩いていました。そういえば、おそらく侯爵家のお茶会でした。アシュフォード様に聞けばすぐ教えてくれると思います。記憶力がとてもいいですから。

え、すでにアシュフォード様みたい？　お茶会つまらないって言ってるから？

そんなことないですよ。私は「あの子かっこいい」とか「あの人のお兄さんイケメンなのよ」というガールズトークに興味がなかっただけです。

親のいるテーブルと子供たちのいるテーブルは離れていたので、何も言われずに庭を散策できました。そうすると、びっくりですよ。木によりかかった綺麗なお人形がいたんですから。

いや、外に子供の大きさのお人形があるはずないんですけど、その時は大きなお人形だと思ったんです。だって、お茶会に参加したどの女の子よりも綺麗なお人形が膝丈ズボンとジャケットを着て、目を閉じて木にもたれかかっていたんです。足元には難しそうな本。正直、外に男の子の人形が展示されているのかと思いました。

だって人間とは思えないほど綺麗で顔が整っていて、血色が人間らしくなかったのです。りんごほっぺだったらさすがの私も人形だとは思いません。

そう、人形だと思った私はうっかり頬を触ってしまったのです。綺麗だったので。

「何か？」

私のつたない記憶によれば、これは七歳の出来事のはずです。しかし、目の前の人形は目を開けて子供らしくない声を発します。

「人間ですか？」

「悪魔にでも見えると？」

「人形かと思って」

「れっきとした人間だ」

男の子はそう言って立ち上がろうとして、ふらっと立ち眩みを起こします。どこのご令嬢の動作でしょうか。それとも人形が人間になって間もないのでしょうか。

「わ、大丈夫？」

慌てて彼を支えて、先ほどのように木にもたれるように座らせます。

「別に問題ない」

「いやいや、顔色も人間と思えないほど悪いですよ。お水もらってきますね」

「別にいい、っておい！」

後ろから制止する声が聞こえましたが、お茶会会場の方向へ戻りました。幸運にも途中で使用人と出会ったので、水を頼んで持ってきてもらえました。

思い返せば、この行動から良くなかったんですね。言い訳をすれば、ちょうど弟が私の後をついて回り始めた時期でお姉さんぶりたいお年頃だったんです。世話を焼きたかったんです。

「はい、どうぞ」

「別にいいと言っているのに」

　ブツブツ言いながらも、口元にコップを持っていくと少し飲んでくれました。

「焼き菓子も持ってきましたけど、どれか食べますか？」

　ハンカチを広げて、男の子の太ももの上に持ってきた焼き菓子を並べます。だって、地面に置くのって嫌じゃないですか。男の子が一つを指差すので、焼き菓子を口元まで持っていくと素直に食べてくれました。

「茶会に戻らなくていいのか」

「はい、つまらないので」

「そうか。バカと話すのは疲れるもんな」

「えっと、すみません？」

「違う、君のことじゃない」

　こめかみをグリグリ押しながら、男の子は面倒くさそうに話します。

「頭痛いんですか？」

「頭はいつも痛い」

「え、それってまずいんじゃあ……」

「別に問題ない。読書の妨げにはならない」

「さまたげ？」

「……読書の邪魔にはならない」

「あ、なるほどー。とりあえずもっとお水飲みましょう。頭痛いの治るかもしれないですから」

「根拠は？」

「こんきょ？」

「ちっ。その意味は？」

この男の子、友達いないだろうなぁ……今さっき聞き間違いでなければ舌打ちしてましたよね？　言葉遣いも難しいですし。

「おばあ様がお水が足りないと頭が痛くなるって言ってました」

顔を盛大にしかめられたものの、コップを差し出すと残りの水をちゃんと飲んでくれました。

「何の本を読んでたんですか？」

離れたところに置かれた本のタイトルと表紙を見て、あれっと疑問に思いました。これってお父様が頭を抱えながら読んでいたお金の本では？

「お父様が読んでいたような」

「これは経済の本だ。しかし、外れだったな」

「けーざい」

「婉曲的な表現が多くて分かりにくい。ストレートに書けばこの半分の厚みで済むのに」

「えんきょく？」

「表現がまわりくどくて分かりにくいということだ」

「へぇぇ」

この男の子、本当に私と同い年なのかしら。見た目は子供で頭脳は十歳上くらいなのかしら。

「頭痛いなら寝た方がいいですよ」

「別にいい」

「えー、でももうしばらくはお茶会終わりませんから。今日はお昼寝日和ですよ。ほら、こうやって」

二人で焼き菓子をすべて食べ終わった後でごろんと整えられた草の上に寝っ転がると、男の子は信じられないという顔をします。

「令嬢なんだよな？」

「え、はい。気持ちいいですからやってみたらどうですか？」

ブツブツ言っていたが、男の子は最終的には寝っ転がりました。

「地面が固くて落ち着かない」

どこのお坊ちゃんでしょうか？　あ、れっきとしたお坊ちゃまでした。どこのお家かは知りませんが、こんなに綺麗な男の子ならいいところのお家でしょう。目は空みたいに青いですし、髪の毛は珍しいキラキラした銀髪。銀髪といえば……どこのお家でしょうか？

「本を枕にしますか？」

「固くて痛い」

「うーん、仕方ないですね。じゃあここにどうぞ」

よいしょっと起き上がると、私は座ったまま足を伸ばして太ももあたりを叩きました。

「は？」

綺麗な男の子は口を開けても綺麗なんですよね。

「固いならここへ頭をどうぞ。私、ガリガリじゃないと思いますから！」

弟もよく抱っこをせがんできますし、座っていたら膝に乗ってきます。男の子はしばらく固まっていて、徐々に顔を赤くしました。

「正気か？」

「もちろんですよ。そんな恥ずかしいことじゃないです。お母様によくやってもらいません？」

「ない」

「えー、じゃあお父様には？」

「あり得ない」

「私はよくやってもらうんですけどね。さ、どうぞ。頭痛いなら少しは寝てください。顔色も悪いんですから」

男の子はしばらく難しい顔をしていましたが、観念したように私の膝に頭を預けました。

「固い」

「そこはお膝ですから。もうちょっとずらしますよ」

思い返したらこれもダメでしたよね。お姉さんぶりたいからって膝枕しなくてもよかったですよね。

男の子はブツブツ呟いて難しい顔をしていましたが、促すと空を見てくれました。

「今日は風がないから雲の流れがゆっくりですね」

「……そうだな。当たり前のことだが」

「いい天気ですよね～」

「話を聞いてたのか？」

「聞いてますよ？」

男の子はしばらく無言で空を眺めていました。私もぼへーっとしていたので、男の子がいつから寝息を立て始めていたかは知りません。お花摘みにも行きたいわけじゃありませんしまぁいっか、とそのままでしばらくいるといきなり視界がピンクになりました。

「きゃああ！　事件だわ！　事件だわ！　うちのアッシュちゃんが！」

突然現れたのは不審者ではなく、綺麗な女の人でした。ピンクのフリルたっぷりのドレスを着ていて、私の目の前に急に現れたので視界が一面ピンクになったのです。

「こんにちは？」

「あらやだ。私ったら興奮しちゃって～。こんにちは。あなた可愛いわね。お名前は？」

「ブロンシェ・シャイスです」

「じゃあ、ブーちゃんね！」

混乱しながら挨拶すると、綺麗な女性がはしゃいでいます。ブーちゃんなんて呼ばれて目をぱちくりさせていると、綺麗な女性は男の子に顔を近づけます。

「えー、嘘でしょ？　うちのアッシュちゃんがこんな可愛い女の子の膝枕で爆睡しちゃってるわぁ！　信じられなーい！」

とても……ご機嫌な女性です。この男の子の年の離れたお姉さん？　外見や喋り方は全く似ていないのですが、人形のような綺麗な雰囲気はよく似ています。

「きゃあ！　本も放り出しちゃってぇ！　いいわねぇ、若いっていいわねぇ」

若いというか、七歳は幼いだけだと思います。

「んふふ。良かったわ〜。うちのアッシュちゃん、難しい本ばっかり読んでて正直誰の子かしらって思ってたの〜。紫色の血でも流れてるのかしらってくらい人間らしくなかったから〜」

えぇ、確かにお人形さんかと思いました。

「んふふぅ。これは良かったわぁ。今日はめでたい日だわぁ」

「ん……煩い」

「まぁ！　アッシュちゃん、起きたのね！　お茶会そろそろ飽きたから帰りましょ」

あーうん、テンションは天と地の差がありますが、これはきっと家族ですね。堂々と高位貴族のお茶会に飽きたと言えるのは大物ですよ。

「な〜んかいい出会いもあったみたいだしぃ？」

ニマニマと一見下品に笑っていても、この女の人はとても綺麗。

「女の子に膝枕されちゃってぇ。勉強ばっかりしてるって思ったら隅に置けないわねぇ。さ、帰ってダーリンに早速報告だわ」

ピンクドレスの女の人は嬉しそうにスキップしています。女の人ばかり見ていたら、男の子が立ち上がって本を拾い上げていました。お、もう立ち眩みはないんですね。

「久しぶりによく寝た」

「それは良かったですね」

「嫌じゃなかったか？」

「何がですか？」

「俺は難しい話しかできないからつまらなかっただろう」

まだ寝ぼけているのか、やや薄目で聞いてくる男の子。

「いえ、特には」

弟だってまだうまく喋れなくて何言っているか分からないから慣れてます。うちの弟、機嫌悪いときは癇癪《かんしゃく》起こすし、大変なんですよ。その点、彼はツッコミどころはあるものの楽です。

「俺は久しぶりに楽しかった」

え、そうは見えませんでしたそうは見えなかったですけども。でも、綺麗な男の子に言われて悪い気はしません。男の子はそんなに表情を変えないので、表情筋がお仕事しないタイプの子なんでしょうかね。

「それは良かったです」

「また会えるか？」

「それは分かりませんよ」

馬鹿正直に私が答えると、男の子は初めて傷ついた表情になりました。

「まさか、婚約者がもういるのか？」

「コンヤクシャ？　そんなのうちみたいなヨワヨワの伯爵家にはいませんよ〜」

あなたみたいに綺麗な顔だったら別なんでしょうけどね。お父様の受け売りをうっかり口に出しちゃいました。

「そうか。ならいい」

良くない。どこがいいのでしょうか。

「じゃあ、俺とずっと一緒に」

「はぁーい、そこまで！　アッシュちゃん唐突すぎぃ。あのね、女の子にガツガツ行っちゃダメよ？　分かった？　ちゃんと手順を踏みなさぁい。じゃあね〜、ブーちゃん。またね」

ピンクドレスの女の人は何か言いかけた男の子の口を勢いよく手で塞ぎ、テンションと勢いだけで連れて帰ってしまいました。最後にウインクまでつけて。

その後私はお茶会会場に戻って母親と合流し、その日のことは特に何事もなく忘れ去るだけだと思っていました、そんな甘っちょろいことを考えていた時期もありました。

翌日、父親が朝から挙動不審なのを視界にとらえていたのですが、スルーしておりました。

庭で弟と遊んでいると、何やら屋敷が騒がしくなります。

「ブーちゃん！　また会えたわね！」

幻でしょうか？　今日もピンクのふりっとしたドレスが見えるのですが。そして女の人の後ろからは人形みたいな男の子とフラフラした顔色の悪いお父様。

「ブ、ブロンシェ。昨日一体何をしたんだ？」

「お茶会でお庭を散歩していただけですよ」

「じゃあどうしてハウザー公爵家から婚約の打診が来たんだ？　というかご本人たちがいらっしゃっているが？」

お父様、汗がすごいです。手汗も。そういうこと七歳に聞かないでください。

「やだわぁ。シャイス伯爵。そんなのうちの息子のアッシュちゃんの一目ぼれに決まってるじゃな～い」

「う、うちのブロンシェにですか？」

「そうよぉ、ブーちゃんよぉ。さ、アッシュちゃん、ちゃんとキメなさいよ」

賑やかに喋っていますが、私は綺麗な女の人が男の子の姉ではなく母親だったことにびっくりしてフリーズしてしまっていました。どこからどう見ても母親の年齢には見えませんよ？

「アシュフォード・ハウザーだ」

「あ、はい。ブロンシェ・シャイスです」

目の前に来た綺麗な男の子は急に名乗りを上げました。そういえば、お名前を聞いていませんでした。人形の疑いがありましたのでね。

「昨日、久しぶりに楽しかったと言った」

「あ、はい。そういえばそんなことがありました」

「よくよく思い返したら同年代の子供といて楽しかったことなど一度もなかった」

私は何を聞かされているんでしょうか。

「君といて初めて楽しいと思った」

え、そうなんですか？　気のせいでは？　昨日体調悪そうでしたし。今日も体調悪いのでは？

「ずっとつまらなかった。知能も意識も低すぎる話を皆が平気でしていて。ここは地獄かと思った」

賢い人って見ている世界が違っていて怖いですねぇ。

「君といたら安らげたし、楽しかった」

「は、はぁ」

膝枕が人生初体験だっただけじゃないですかね？

「君といたら楽しいと思う。だから、ずっと一緒にいよう」

「きゃー、アッシュちゃん！　なんでそこはダーリンに似ちゃうのかしら！　プロポーズの言葉が七歳でそれだなんて！　血は争えないわねぇ！」

ピンクドレスの綺麗なハウザー公爵夫人が嬉しそうにお父様の隣で騒いでいます。お父様はこの世の終わりのような顔です。公爵夫人が婚約打診を持って急に来たらあんな顔になりますよね。

「公爵家からの婚約のお話なら、うちは断れませんよ？」

「嫌なら断ってくれていい。主導権は君にある」

「しゅどうけん？」

「君が決めてくれ。婚約は断ってもいい」

断ってもいい割にめっちゃ上から目線です。

「あなたは人形じゃないんですよね？」

「君に会うまでは俺は人形みたいなものだっただろう」

彼はそこでふっと笑いました。笑っても彼はやっぱり綺麗、むしろ可愛かったのです。美しさと可愛さに私はうっかり頷いてしまったのでした。だってこんな嬉しいことは夢かと思ったんですよ。嬉しいと思った時点で何かが始まっていたんでしょう。

アシュフォード様のことを嫌だと思ったことは一度もないんですから。

＊　＊　＊

「こんな感じで婚約しました。お父様はすぐ婚約解消になるだろうと予想していたんですが、ならずにびっくりしてます。私もびっくりしています」

婚約してから最初のうちは毎日のようにアシュフォード様はうちにやってきてましたからね。毎日お花を持ってくるから、屋敷どころか庭も花だらけになりました。毎日はやめてくれとお願いしましたもんね。

「あなたって罪深いことをしてるわね」

「え、その感想になっちゃいます？」

回想を聞き終えたジゼル様の感想は独特です。

「アッシーにもそんな可愛い時期があったのよね〜。今は影も形もないけど。しかも私じゃなくて俺って一人称」

アシュフォード様って小さい頃は「俺」って言ってたんですよ。成長するにつれて「私」になりました。

「可愛いといえば可愛いけど。違うでしょ。だってこの子、子供の頃のアシュフォードを懐柔しちゃってるじゃない」

「かいじゅう」

「そうよ。あのアシュフォードを依存させた初めての女よ」

「いやぁ、それほどでも」

「褒めてない！　あんたは七歳にして小さな魔王を手なずけた恐ろしい女よ！　しかも魔王からの好意をしれっと受け止めてるのが怖いわ！」

アシュフォード様って隠し事はしても、私に嘘は絶対に言わないので信頼してるんですよね。あら、私のこういう姿勢ってもしかしてハウザー公爵夫人に似てますか？　ハウザー公爵夫人もハウザー公爵からの溺愛をしれっと受け入れてます。信頼もしていて、愛されるのが当然のような態度に見えます。え、私はあそこまでの態度ではないはずですが……アシュフォード様って意外とお母様であるハウザー公爵夫人のこと好きなのかもしれないですね。似ているとまでは言いませんが、ほんのり似ている私を婚約者にしたんですかね。聞いてみたいけど、嫌な顔をされそうです。

「うーん、あのご両親なので知識もいろいろ偏ってましたしね」

「ハウザー公爵夫妻は特殊と言えば特殊だけど。アッシーの場合は元から変だったんじゃない？」

「七歳で経済の本読んでるなんて頭おかしいわよ」

「ハウザー公爵もそのような感じだったそうなので、あのお家では普通ですよ？」

「あー、そうね。あはは。ならもう理解不能だわ」

　エレーナ様はケーキを食べているので会話をそこまで気にしていませんが、ジゼル様は乾いた笑いを漏らしています。エレーナ様、ケーキの合間にステーキやパーティーラビオリ食べていますけど、その食事形態で大丈夫なんでしょうか。

　それにしても「依存」とは言い得て妙です。アシュフォード様は出会った時から賢くてしっかりされていたので、誰も世話を焼きたがらなかったでしょう。どこからどう見ても完全に自立していて精神年齢も高く、整いすぎて人形に見えるあの容姿です。あら、これでは絶対に懐かない野生動物を懐かせた気分になりますね？　テイマーですか。でも、私はアシュフォード様の依存先だったのですね。嬉しいと感じてしまうあたり、私もおかしくなってるんでしょうか。

「そうそう。アッシーと結婚、じゃない。婚約してから嫉妬はすごかったんじゃない？　フロストがそのあたり聞きたがってたわ」

「フロスト王子が？　どうしてですか？」

「あの人、私と婚約したからいじめられると思ってるのよ」

「そりゃそうでしょう。国で一番の婿入り先が目の前でかっさらわれたんだから。ハベル公爵も偉いわよね。養子をまだとってなかったんだから。もしかしてこうなること分かってたの？」

「エドエドは元々王太子じゃなかったでしょ。お父様だって養子は考えてたけど、いろいろ親戚で揉めて面倒なのよ」

　ハベル公爵家ほど大きいと大変なんですね。

「フロスト王子はいじめられるでしょうねぇ。でも、アシュフォードの婚約者であるブロンシェに比べたら大丈夫でしょ。だってアシュフォードの人気ってすごかったじゃない。外見と家柄はいいから。性格は地面にめりこむくらい最悪だけど」

　そういうこと言えちゃうのはジゼル様くらいです。

「バスティアン侯爵令嬢が一番しつこかったかしらね」

　エレーナ様が最近聞いていなかった方のお名前を出しました。

「あぁ、そうでしたかねぇ」

「あなたって呑気よね。バスティアン侯爵令嬢って母親と一緒で極度の面食いだったじゃないの。しかもワガママ問題令嬢で有名だったわ。あのご令嬢が一番アシュフォードを狙ってたわよ」

　私はぼんやりとバスティアン侯爵令嬢なる人のことを思い出してみました。

＊　＊　＊

アシュフォード様と婚約してから同い年くらいの令嬢たちからの嫉妬はものすごかったです。主に陰口ですね。

実力行使はありませんでした。なぜなら、お茶会の時はアシュフォード様が私にぴったり張り付いていまして……誰かが呼んでいるから一人で来てと呼ばれても「用がある方が来い」とそばを離れなかったですし。

さすがにお手洗いの中だけはアシュフォード様は付いてこられなかったけれど、ハウザー公爵夫人に「ブロンシェちゃぁん、怖いから一緒にお花摘みに行きましょ～」と可愛くお願いされて一緒に行っていました。さすがに何度もお手洗いに一緒に行っていたら守ってくれていると子供でも気づきます。ブーちゃんという呼び名はアシュフォード様がやめさせてくれました。

学園に入るまではアシュフォード様とハウザー公爵夫人にがっちり守られていましたので、学園に入ってからが一番いじめに遭ったと言えるでしょう。

昼休みと放課後はアシュフォード様と一緒でしたが、初年度はクラスが違ったのでそれ以外のタイミングをよく狙われました。移動中に拉致されたりとか、教科書破かれたりとか。

破かれた教科書はすぐアシュフォード様に見つかって、アシュフォード様のを借りていたので授業に支障はないはずでしたが……アシュフォード様に借りた教科書も破かれた時がありました。

授業直前に気づいたので仕方なく破れた教科書で授業を受けていると、それを見つけた教師がドン引きしていましたね。

「シ、シャイスさん？　教科書はどうしたの？」

「破かれてしまったので婚約者に借りたのですが、それも破かれてしまったので。さすがにこれ以上他の方に借りるのはご迷惑かなと」

　また破かれたら困ります。そもそも、本を破るなんて元気が有り余ってますよね。

「え、婚約者ってハウザーくんよね？　彼のクラスも今この教科書を使って授業してるわよね？」

「全部頭に入っているから教科書がなくても全く問題ないそうです」

　クラスが騒然となります。この教科書、地理と歴史がいっしょくただからかなり内容が多いんですよね。

「えっと、じゃあ私の予備の教科書を……」

「あ、先生。俺が教科書を一緒に見せますよ～」

　全部頭に入っていると聞いてしどろもどろの教師の言葉を遮ったのは、隣の席のブランドン様でした。一年生の時はクラスが同じだったのです。

「じゃあミュラーくん、お願いね。シャイスさん、教科書の件は先生たちに報告しておくから、お昼休みに話を聞かせてね」

　いえ、多分お昼休みまでにはアシュフォード様が動いてると思うんですけど……。まぁいいか。

　ブランドン様の教科書は新品そのままかと疑うほど綺麗でした。みんな線を引いたり書き込んだりしているものなのですが。

「いやぁ、何書いてあるか分かんなくって〜。でも綺麗だから見やすいでしょ？」

「ありがとうございます」

ブランドン様の教科書は授業についていけないから綺麗なだけなのでありました。こんないじめが最初の頃は頻発しましたが、アシュフォード様が対処してくださってなくなりました。


「あなたみたいな冴えないのが婚約者だなんておかしいのよ！　さっさと辞退しなさいよ！」

「何度も辞退しているんですけど、公爵家には逆らえないのでハウザー公爵家に言っていただけますか？　そっちの方が早いと思います」

移動教室の途中に拉致されて三人の上級生らしきご令嬢に囲まれております。そして、その内容は私に言われても困ります。教科書を破られなくなったらこういうことが増えました。

「ご自身の方がふさわしいならぜひハウザー公爵家に売り込んだらいいと思います」

本当のことを言っているだけなんですが、令嬢たちはさらにヒートアップ。いや、どうしろと言うんですかね、これ以上。

「あ、いたいた〜。アッシュ、こっちこっち〜」

緊迫した空気に割って入ったのは間延びした緊張感のない声。走ってきたのはブランドン様、そしてアシュフォード様です。このお二人仲良いのでしょうか。

「大丈夫か？　次の授業に向かおう」

アシュフォード様は令嬢たちには目もくれず、私の手を取って歩き出そうとします。ご令嬢たちはさすがにアシュフォード様が来るとは予想していなかったのか、さっきまでの強気の姿勢とうってかわって青い顔です。

「アッシュ〜。この人たちどうするの〜？」

「顔は覚えた。家の名前も知っている」

「ハウザー様は騙されているのです！　もっと婚約者にふさわしい方がいらっしゃいますわ！」

　リーダー格のご令嬢がくってかかります。ゆ、勇者ですね。

「なぜ俺より頭の悪いお前に心配されないといけない。俺が騙されているだと？　一体、何様のつもりだ。定期テストでいつも点が足りないからと教師に賄賂を握らせて点を上乗せしてもらっているというお前は」

「アッシュに釣り合う他の人ってどんな人？」

　おおぅ、この空気の中ツッコミを入れられるブランドン様がすごすぎます。アシュフォード様は怒ってますよ、だって一人称が「私」から「俺」になってますからぁ！

「自分が釣り合うとでも言うつもりか。馬鹿馬鹿しい。教科書を破ったり、婚約者を拉致したりする女なんてどこの家も願い下げだろう。それにお前の父親はバスティアン侯爵ではなく、お前の母親の愛人だという話もあるぞ。そんなお前が公爵家の婚約に物を言える立場にあるのか？」

　あ、この方はバスティアン侯爵令嬢でしたね。たしか次女さん？　長女さんはもう卒業されてるはずです。

　私たちはこのやり取りの後すぐに授業へ戻りました。というか令嬢たちよりアシュフォード様の方が怖いです。恐ろしい情報がボロボロ出てました。そうそう、ブランドン様は特にアシュフォード様と仲が良いわけではありませんでした。私が取り囲まれているのを見て呼びに行ってくれたそうです。いい人！　空気読めないけど、とってもいい人！

　バスティアン侯爵令嬢の姿をあの件以来学園では見かけなくなりました。修道院に入れられたとのこと。時を同じくして、バスティアン侯爵夫人は離縁されて実家に戻ったそうです。やっぱり、アシュフォード様の言った通り次女さんは侯爵ではなく愛人との子供だったのでしょうか。

　残念ながらそれだけでは終わりませんでした。不運にも学園での一件がハウザー公爵夫人の耳に入り、お茶会で三人の令嬢の身内を見つけると「うちの婚約に文句があるお家の方が来てるなんて悲しいわ。悲しすぎて私今日はお茶会の気分ではないの。ということで帰るわね～」と本当に途中で帰っていたらしいんです。

　最初のうちはポカンと見送るだけだった主催者も、さすがに何度もあると問題になっている三人の令嬢の身内を帰してハウザー公爵夫人に留まってもらうようになりました。そんな風にしていたら三人のご令嬢の身内はお茶会に呼ばれなくなります。えぇ、実質的に社交ができない生殺し状態です。

　学園内でのことですし、あまり庇ってもらうのも私の立場として良くないのではないかとハウザー公爵夫人に聞いてみました。

「う～ん、私もいっぱいダーリンやダーリンのご両親に庇ってもらったしぃ。それにバスティアン元侯爵夫人って前々からダーリンに色目使うから好きじゃなかったのよぉ。そんな人の娘からブロンシェちゃんが文句言われたら、私としても黙っていられないわぁ。これは宣戦布告よ」

　可愛く話していただけましたが、どうやらハウザー公爵夫人はバスティアン元侯爵夫人に個人的な恨みがあるようでした。そんな相手を夫人にベタぼれのハウザー公爵が許すわけもないです。

　三人のご令嬢の身内はもちろん貴族で、王宮に勤めている方もいます。その中にはハウザー公爵と接する方もいるわけで。

「つまらん陰湿ないじめをするような身内のいる者が作った書類は見ないが？」

とハウザー公爵は書類を破いたそうです。普通に怖いですよね。宰相じゃなかったらできないレベル。そんな感じで三人のご令嬢は一人が修道院、その令嬢の母親は離縁。残り二人のご令嬢とその身内もしばらくハウザー公爵家からの強い冷風にさらされて大変だったようです。え、もっと詳しく？　そのくらいしか私は教えてもらってないんです。

＊　＊　＊

「私は庇ってもらってばかりなのでフロスト王子の参考にはならないですよ」

「はぁ。アッシーにも言われたのよね。『自分が選んだ男も庇えないのか』って」

「あら、名言じゃない」

「しかも『三度目の婚約は面倒など見ない』とまで言われたわ。余計なお世話よ。フロストはへ

タレだから私だって心配してるのに」

「アシュフォードがあなたの相談に乗ったのって、あなたが長時間ブロンシェに相談するからでしょ。すでにかなりアシュフォードから恨みを買ってるんじゃないの？　今回協力してくれただけ良かったじゃないの」

「庇われてばっかりの私が言うのもなんですが、庇ってもらうと信頼が生まれますよ」

「先が思いやられる……好き勝手するエドエドが嫌で違うタイプにときめいたはずだったのに」

　あー、エドエド殿下とフロスト王子はタイプが真逆ですよね。でも言うほどフロスト王子ってヘタレではないですよ。ヘタレなら婚約者がいるエレーナ様にプロポーズかましません。

「ブランドンは大丈夫そうね」

「ブランドン様は目の前で嫌味言われても気づいていませんから」

「アシュフォードで鍛えられたから大丈夫ってことね！」

　若干落ち込んでスイーツをやさぐれたように食べるエレーナ様と誇らしげに胸を張るジゼル様。こちらも真逆ですね。

　ガーディアンクラブの基本的な使い方とは違いますが、いつもの女子会のように楽しみました。

　ガーディアンクラブ特製パーティーラビオリ（中身が一つだけハズレの激辛）に当たったのはエレーナ様でしたが、彼女はスイーツを食べすぎており辛さを感じなかったのか期待されるほどのリアクションはありませんでしたとさ。ちなみに、私のピンクのヒツジストラップは帰宅次第、アシュフォード様のものになりました。

# 私《わたし》の婚《こん》約《やく》者《しゃ》様《さま》の毒《どく》舌《ぜつ》が過《す》ぎる
# ※ただし、私《わたし》以《い》外《がい》に！


2023年10月10日　第1刷発行

著　者　頼爾《らいじ》

発行者　渡辺勝也

発行所　株式会社トーハン・メディア・ウェイブ
〒162-8710　東京都新宿区東五軒町6-24
［電話］03-3266-9397

発売元　株式会社双葉社
〒162-8540　東京都新宿区東五軒町3-28
［電話］03-5261-4818（営業）
http://www.futabasha.co.jp/（双葉社の書籍・コミック・ムックが買えます）

印刷・製本所　中央精版印刷株式会社





［お問い合わせ先］［電話］03-5261-4822（双葉社製作部）
ISBN 978-4-575-24679-7 C0093